大きな約束

椎名　誠

集英社文庫

大きな約束　目次

挿画　沢野ひとし

大きな約束

こんちくしょうめ

フーテンの寅さんじゃないけれど、思い起こせばかずかずの恥ずかしき日々というのがある。

我ながらまったく愚かなこと、と思うのだが、むかしから何かで「かあっ」となると自制がきかなくなり、最終的には殴り合いになるような喧嘩《けんか》をよくしてきた。

学生の頃に柔道をやっていて黒帯弐段《にだん》になった。同時に町のボクシングジムにかよっていたのでちょっと腕に自信があるような気がしていてどうも始末が悪い。生兵法《なまびょうほう》てぇやつだ。しかもその頃住んでいた千葉はなにかとあらくれていたので、男はよっぽど賢くていい大学にいかないかぎり、あとは喧嘩で腕をあげ、そっちのほうで結果を出さないとうだつがあがらない、という幼稚で単純な風潮があった。

当時の町のチンピラ同士の喧嘩はとことんまで相手をのしてしまうというところまではいかず警察沙汰《ざた》にまでならなかったからまあ乱暴なスポーツのようなものでもあった。

そんなガキの時代を過ごしてきたので大人になってからも直接自分がなにかの騒動に巻き込まれると、大人の対応ができなくなり、ときおり事件を起こしてしまう。不思議な因縁で、今おれは若いじぶんに逮捕され留置されていた警察署の近くに住んでいる。都内に越してきて甲州街道をクルマで走っていたときそのことに気がつき、いきなり懐かしかった。警察署を見て懐かしいというのも間抜けな話だが本当にそう思ってしまったのだからしょうがない。

はてしなくざわざわしていたそういう若い頃に駅前で喧嘩し逮捕されてぶちこまれた。はじめて入る留置場は不思議な臭いと囁《ささや》き声がまざりあい、陰気で凶悪な動物があちこちに潜んで臭い息をしているように思えた。あとでわかったのだが私語は本来禁止されていた。でもその留置場はあちこちで常に誰かが低い声で何か喋《しゃべ》っていた。刑務所と違って代用監獄の名もある警察署の留置場は場所によって規則に甘いところがあったのだろう。

監房は二層式（二階建て）で全体が扇形になっていた。うまい設計で扇の要《かなめ》にあたるところに一階と二階の房をいちどに見張れる看守の席があった。外からの採光はなく全体が巨大な穴蔵か、大昔の暗い演芸場かなにかに入ったようだった。もっともおれが逮捕されたのは夜だったのでそのときは外から入ってくる僅《わず》かなあかりに気がつかなかっただけの話なのだが。

「おう。あんちゃんよう、何して入ってきた」

監房の通路に入ったところで二階から声がかかった。すべての房からその通路が見えるようになっていたから新入りは誰からも眺められるようになっている。みんな暇なので新入りが入ってくると、いっときの退屈まぎれになったのだろう。

「喧嘩です」

新入りらしくしっかりした声でそう言うと、おれを引き連れてきた警官が「暴行だよこいつは」と訂正した。犯罪の用語に喧嘩というのはなく、単純に「暴行」であるということを初めて知った。

持っていた荷物やズボンのベルトなどを一時没収され、着ていた服のまま二階の房に入れられた。天井に光度のひくい電球がついていてあたりは黴《かび》と汗のまじった臭いがした。おれの入れられた房の先住の二人が興味深そうにおれの全身を眺め、とりあえずの居場所のようなものを作ってくれた。もうじき寝る時間になるらしく、扇の要のところにいる見張りの看守が怒号まじりにいつものきまり文句らしいことを言っていた。

取り調べと逮捕までの緊迫した時間をへて漸《ようや》くおれは小便が溜《た》まっていることに気がつき、監房の中にそれらしいのを探したが何もなかった。おれの動きの意味を察して、房には便所はついていないので、そのつど看守に頼んでお願いするんだ、と年かさのほうが言った。

「だけっど今夜はよ、もう少したってから行ったほうがホントはいいで」

年かさのほうは貧相な顔をしていたがなかなか親切なようだった。

なるほど便所は大も小も一階と二階に一箇所ずつしかなく、しゃがむと腰から下だけ辛うじて隠れるようになっている。後にいやというほど知ることになる中国のニイハオ便所と一緒だ。ドアつきの個室便所にしてしまうと束《つか》の間《ま》身が隠れる瞬間に自殺をはかるやつがいるからその用心らしい。

警察の代用監獄には直前にヒトを殺してきたようなのも取《と》り敢《あ》えず興奮したまま入ってくるから、そういう重要な容疑者の自殺は警察が一番恐れることだった。トイレットペーパーはなく、大便のときは自分の房内もしくは左右の房にいる誰かに貰《もら》うしかないということも翌日わかった。何もかも知らない世界なので最初のうちはアルマイトの弁当箱に入った飯の配給のことやそれを残った白湯《さゆ》で洗うというしきたりなどを知ったり理解するのが面白かったがじきに拘束されていることの辛さが身にしみてくる。

最初のうちは先住者の二人といろいろ話をした。朝飯がすむと布団がわりの三枚の毛布をたたんで三畳ほどの房内の片隅に重ねておき、何もやることはないので三人でひそひそやる。壁に寄り掛かることは禁止されていて最初は正座しなければならなかった。しかしこの規則はあんがい緩く、あぐらをかいていい日もあった。看守によってそのへんの緩さや厳しさがちがっていて、もう何日も入っている先住者の二人は当番看守の顔ぶれでそのことを見分けているようだった。

暇なのでもそもそと低い声で互いの話をする。二人はまずおれが何をしたか知りたがった。単純な喧嘩とわかると、相手にでかい怪我《けが》をさせていなければたいしたことはない、と若い男のほうが言った。そいつは話をするのに決して相手の顔を見ないやつだった。

自動車の窃盗で捕まったらしい。再犯なのでちょっと長くなると思う、と憂鬱《ゆううつ》そうな顔で言った。年かさのほうは詐欺でパクラレました、と不自然に明るい声で言った。どうも常習犯らしかった。

「あんちゃんはよお、惜しかったんだよ」

常習詐欺犯は自動車窃盗の若い奴に顎《あご》を振るようにしてそう言った。

「逃げてどっかの屋根に登って隠れていたんだよ。それで三時間だっけか、三時間だったよなおめえ、三時間ぐらいたって雨樋《あまどい》つたって降りたところにまだ警官が待っていて捕まったんだ。惜しかったっけよなあ」

心をこめてそう言うので聞いていたおれも残念な気持ちになった。

背の届かない房の上のほうに小さな窓があって硝子《ガラス》のはめごろしになっている。ご丁寧にそんな高いところにある小窓にもクロス形の鉄棒が入っていた。そこから空がわずかに見える。東京の空だからもとよりたいした青空というわけでもないがちょっとだけ見えるというのがかえって癪《しゃく》だった。

三日目に護送車に乗せられて東京地検に送られた。バスは東京地検の地下から入り、面倒がないようにまず全員が便所で小便をする。手錠のまま五人ずつ腰縄で繋《つな》がっているので五人並んで小便をするのが面白かった。そして五人ずつ横一列で交代する。当然小便の早いやつと遅いやつがでてくるが民主的にいちばん遅いやつをみんなで待たなければならなかった。

それから地下の大きな部屋に全員集められた。真ん中に学校の朝礼台のようなものがあってその上にふんぞりかえってなにかやたらにえばりくさった男がいて怒声そのものでがなりたてる。

「ここにはいろんなやつが来ている。でも人によって待遇に差はつけない。みんな同等に扱う」

おそらくかなり大物のやくざや政治犯などもいるからそういう話になるのだろうと解

釈した。この地検にいくときにやっと東京の外の風景が見えるのが嬉《うれ》しく、いっぱしの犯罪者のようにしていわゆる〝シャバ〟の風景を眺めたりしていたが、二回目の地検の調べの後にとつぜん釈放された。罰金刑だけだった。

その日いきなり釈放とは知らなかったので朝がた監房からそっけなく出てきてしまったのが悔やまれたが、先住の二人はおれよりも拘束はもっと長くなりそうだったから何も言わないで出てきたのがよかったような、やや複雑な気持ちだった。

ここからはつい最近の話になる。

甲州街道に面しているその警察署のひとつ裏に複雑なルートだが信号の少ない道があって、新宿のほうから自宅に帰るときはその裏道をとおることが多い。いわゆる抜け道だ。冬に入ったばかりの頃にそこでつまらないいさかいを起こしてしまった。

狭い道の、車同士のすれ違いをめぐるトラブルだった。現代の話なので小僧のように「おれ」というのもナンだからここからは「わたし」と書くことにする。でも状況によってはまた「おれ」になるかも知れない。まあ自由にいきたい。

狭い道にバイクが乱雑にとめてあってそれが邪魔でどうしてもうまくすれ違うことができない。先方のクルマの後ろ側に少し膨らんだ場所があるようだった。互いに少しだけ後戻りしてそのすれ違いポイントに移れば簡単に解決できる状況だった。そこでわたしは自分のクルマの進入角度を変えるために少し後ろに下げたのだが、あろうことかそいつは自分のクルマを進めてきた。それでは同じことが続くので解決にならない。

先方の車はいかにも若者好みの大型のワゴン車。わたしはメルセデスだった。ははは。ここで少し横道話。自分の乗っているクルマをベンツと書くのはやや気がひける。わたしはかつて死んでもおかしくない自動車事故を起こしていて一カ月半入院したことがある。頭を打って脳内出血していてしかも右目から一センチ横を縦方向に骨膜まで切り裂き、骨が現れるくらいの大怪我をした。退院するとき医師から九十パーセント以上の確率で死ぬケースだった、と言われた。

そういうことがあったのでできるだけ安全なクルマをと思いベンツにした。日本ではもっぱらベンツと呼ぶが、ヨーロッパではどこもメルセデスと呼び、欧米の翻訳小説などでも必ずメルセデスと書いてある。ベンツと呼ぶのはどうやら日本だけらしい。わたしはやや意識過剰とも思える反応をしてこのメルセデスを滅多に洗わず、そして汚く使っている。ドイツに行ったときタクシーの殆《ほとん》どがベンツなのを見てわははと笑った記憶が大きかった。もとよりたいした意味はない。

で、今の話の続きだ。

わたしは窓をあけ、顔をだして「両方で下がりましょう」と言った。相手の車には若い二人の男が乗っていた。運転していた太った男が窓から顔をだしいきなり「こらあ、てめえがもっと下がれこのやろう！」とげすな声で言った。意味のない罵声《ばせい》だった。

わたしは驚いたが自分は大人だと思っていたのでクルマから降りていき、道にはみ出しているバイクを指さして言った。

「こうなっているからこちら側に下がっても無理なんですよ」

「うるせい、てめえが突っ込んでくるからだろこのやろう」

男はそう言った。異常なくらい乱暴で好戦的な口調だった。

「いや、だから今下がったでしょう。でもそっちがさらに進んできたから同じことなんでこれじゃあ駄目なんですよ」

わたしはそう言った。やや苛立《いらだ》ちはじめていた。気がつくと双方のクルマの後ろに後続のクルマが並びつつあったから早くなんとかしたかった。

「うるせえ。黙っててめえが下がればいいんだこのやろう」

太った男はまたそう言った。それから、あろうことか全開した窓からいきなり唾をはきつけてきたのだった。顔にはあたらなかったがわたしの胸のあたりにそいつの唾が散った。

気がついたらわたしは相手の車のドアをあけてそいつの襟元《えりもと》を持って外にひきずりだしていた。太ってけっこう大柄な男だったがわたしも体は大きい。そいつは重いだけでたいした腕力はなかった。興奮してすぐに腕をふりまわし、強引に自分の体をぶつけてきた。わたしにいきなり胸ぐらを摑《つか》まれて外にひっぱり出されたので気が動転しているかんじだった。おそらくそいつはそんなことをされたのが生まれてはじめてだったのだろう。相撲取りのようなそいつの体当たりでわたしはブロック塀に押し込まれた。けれどそいつの無闇にふりまわしている拳はどれもあたらなかった。まともな喧嘩をしたことがない奴だなとすぐにわかった。いつのまにかわたしの一発がそいつの右の顎の下にきれいにあたり、そいつはのけぞり、それから俯《うつむ》いた。片手を口にあてていきなり戦意を喪失しているのがわかった。あっけなかった。

双方の後ろに車がたまり、このままでは警察への通報を誰かするだろう、と思ったのでいったん横によけようと、わたしは相手のクルマの助手席にいたもう一人の若い男に言った。状況から考えてここに警察が来るとわたしの「暴行」という判断をされるかもしれなかった。

このこぜりあいでわたしも左の頬に擦り傷を作ったようだった。頬がひりひりしていた。たぶんそいつに押し込まれたときにブロック塀で擦ったらしい。久しぶりにアドレナリンが噴出していたのだろう。傷を作ったその瞬間の記憶はなかった。たいしたことはなかったがしばらく傷になって残るだろうな、と思った。

わたしと相手のクルマはなんとか横道に移動して話し合いをすることになった。わたしと直接いさかいをおこした相手は左の下二本の歯が折れたと怒りに赤くなったような目で言ったがもう戦闘的ではなかった。かわりに助手席にいたアポロキャップを反対にかぶった若い男がとりなすように、このいさかいの原因は互いにあるということで案外理性的に対応してきた。

わたしがその運転手の治療費を全面的に負担するということで双方の話し合いが早い段階で済んだ。二人の男は塗装関係の仕事をしていると言った。互いの運転免許証を出し、自分の携帯電話の番号をごまかしがないように画面に表示したものを互いに見せあう、というやり方で確認した。

いささか緊迫した状態のままとにかく別れた。わたしといさかいをおこした太った男は、タオルを口にあてて後ろの席で黙り込んでいた。

とにかく警察が介入しなくてよかった。とその場を離れながら思った。同時に久しぶりにやってしまったおのれの幼稚な反応にやや気持ちをぐったりさせていた。それからあの太った男の顎と顔の半分は今夜からしっかり腫れるだろうな、と思った。

二十歳のときにわたしは江戸川区の中川放水路の川原で、どこかの大学の空手部らしい男と決闘をして右下の歯を三本折られたことがある。男はわたしと同じぐらいのガタイでウェルター級ぐらいだった。歯を折られると人間はあっけなく戦意を喪失してしまうのだな、ということをわたしはそのとき身をもって体験したのだ。

その決闘は夜で、激しい動きだったから正確になにで歯を折られたかはわからなかったが、おそらく膝蹴りでやられたのだろうとあとで判断した。歯が途中から折れてピンピンと口の中、舌の上に飛び乗ってきた嫌な感覚をいまだに覚えている。

今のこの路地のいさかいだって相手が喧嘩を知っていてちょっと違ったら自分がやられていたのかも知れない。何しろ年齢が違う。いい歳《とし》をしてまったく愚かなことをしてしまった、とまた思った。家に帰って風呂場の鏡で自分の顔を見てぐったりした。思ったとおり左の頬が赤黒く腫れていた。「つくづくアホだなお前」鏡の中の自分の老けた顔に言った。

翌々日親しい友人、阿部の妻の葬式があった。彼の妻は癌《がん》にやられた。闘病は一年半ぐらいだったが阿部は献身的に妻とともに癌と闘った。

よく晴れて風の冷たい日だった。わたしはこのところ頻繁に会っている歳下の親しい仲間数人とその葬儀に行った。めったに着ない黒いスーツに白いカラーなどつけていたからわたしの頬の傷は当然目立ったが彼らは何も聞かなかった。この手のものは本人が言いだすまではまわりがあれこれ詮索《せんさく》しない、というなんとはなしのおれたちの空気ができていた。夫婦喧嘩をして女房に引っかかれた傷かも知れないと思われたかもしれない。もっともここまでやるには鉄のヤスリみたいな爪で百回ぐらいこする力が必要だろう。その日わたしはまたメルセデスで家を出て新宿でその仲間たちと待ち合わせしたのだった。そうすれば運転は若い西沢にまかせられる。

葬儀場に早くついてしまい、朝食がまだだったのでみんなで近くのファミリーレストランに入り、値段のわりにはずいぶん豪華な朝食セットというのを食べながらわたしは先日のその愚かな出来事の話をした。みんな笑ってにぎやかに反応し、わたしは少し気が晴れたように思った。

葬儀には沢山の参列者がいて静かなすすり泣きのなか、粛々と行われた。喪主である友人の阿部の挨拶《あいさつ》は、浮かべている軽い笑顔の中に深い悲しみが塊になっていて、聞きながらわたしは涙を流した。阿部はわたしよりも若く、けれどやがて勤めている会社の定年を迎える歳であった。これから彼の酒量はきっともっと増えるのだろうなあ、と唐突に思った。飲むと酔うまで飲んでいく飲み方だったからだ。

妻を失って、彼はこれからどう自分をコントロールしていくのだろうか。ということを阿部の挨拶を聞きながら考えていた。

その葬儀場には葬儀場がしつらえる変な思い入れをこめたナレーションなどが流れないのでホッとしていた。数カ月前に参列したある知り合いの葬儀ではプロのナレーターが、つまりその葬儀の当事者には縁もゆかりもない人が、いかにもそれらしく感情をこめて悲しげにありふれた死生観のおためごかしをひっそり語るのを聞いて辟易《へきえき》した。どっちみち録音された語りなのだ。

おれたち生身に血が回っている生きてる人間は、本当に悲しみのなかにいる今、そんな「嘘の悲しみ」の強要に騙《だま》されたりしないんだよこのやろう、と思ったが瞬時のそんな苛立ちを誰にぶつけていいかわからなかった。葬儀でそんな怒りを感じたのは初めてのことだった。

ナレーションは言っていた。

「わたしたちは生まれたときにすでに死というものをたずさえてきたのです。わたしたちは死にむかっていっしょうけんめい生きてきました。そしていまようやくあたらしい世界に旅だつ日がきたのです」

うるせい。

と思った。おれは死んでもこんなおためごかしのナレーションの流れるようなところにはいかないぞ、と思った。それだったら豚の餌になったほうがいい。でもそれを誰に告げたらいいのかな、と思った。こういう人の気持ちの奥をまるで理解していない金取り葬祭社にどうやったらその誤りを気がつかせられるだろうか、などということを必死に考えていたりした。

まったく生きていると「こんちくしょう」と思うことがいろいろある。そんなことを考えている自分はまだもう少ししぶとく生きていこうとしているらしい、ということに気がついた。そうか、でもそろそろ遺書を書かなければいけないような歳になっているのになあ。町のチンピラと喧嘩をしている場合ではなかったのになあ。

死ぬと本当にどこにいくのかなあ。

幼稚なことを考えながら家に帰った。

唐突にその年の秋の旅のことを思いだしていた。わたしは妻とチベットのカイラスまで行った。カイラスはチベットの首都ラサから千二百キロ西にある。古い四輪駆動車で安宿やテントに泊まってじわじわ進んでいく旅だ。カイラスを目の前にのぞむ五千六百メートルの峠のあたりで鳥葬場のまんなかを通った。

何度も来ている妻と違ってわたしは初めて通る場所だった。

鳥葬場は何も知らずに遠くから眺めるととてもカラフルで賑《にぎ》やかで、外国人の団体登山客が沢山集まっているように見える。沢山の服がそのあたり一面に散乱しているからだ。

岩と雪と空しかない案外単調な風景の中に散乱した人間の衣服は色とりどりだ。それらの多くは風で飛ばされないように石に着せられていたりする。遠くからだと大勢の人間が集まっているように見える。でも近くにいくと服を着せられた岩があちこちに立っていて無人の高山に風が吹きぬけているだけだ。靴や髪の毛なども散乱している。

鳥葬場はたいていその真ん中へんに「まないた石」というのがあってそれは人間一人ゆったり横たわれるような寝台のような岩だった。衣服や靴などはそのまないた石のまわりに多く散乱しているが、かならずしも服や髪の毛はそこで鳥葬に付された人の残留品ばかりではなく、カイラスをめぐる巡礼がそこに置いていく物も多いのだという。髪の毛などもふだん梳《す》いてためておいたものを巡礼の旅に持って出て、鳥葬場に置いていく人も多いという。奉納というようなことになるのだろうか。

鳥葬は天葬とも呼ばれる。あるいは天梯《てんてい》。天へ梯子《はしご》をかけて死者の魂が昇っていく。死んだ人はポアという儀式によって魂と肉体の分離をはかる。ポアはチベット暦の縁起のいい日に行われるが、たいてい死後三日目ぐらいになるらしい。いろんな儀式のやりかたがあるが正式には臨終とともに呪術師《じゆじゆつし》などが頭蓋骨に小さな穴をあける。それから活仏が着用した衣類や髪、またその爪、便などを丸薬にしたものをのませる。丸薬は頭蓋骨にあけた穴から魂がうまく抜け出ていくのを促すために用いる。魂は正確には内気と呼ばれる。内気がうまく頭の穴から出ていかず尻の穴から出ていくともっとも恐ろしい地獄、餓鬼、畜生の世界を彷徨《さまよ》うことになる。

ポアされて霊魂が空にとびだしていくと屍《しかばね》は単なる物体になる。衣服を脱がし、体をいくつかに切りわけ、頭蓋骨や大腿骨など硬い骨を石で粉砕し、チベット族の常食であるツァンパをバター茶でといて練ったものにくるんでツァンパ団子にする。これがハゲタカたちを呼ぶ寄せ餌になる。通常一時間もあれば屍はハゲタカに食われ消えているという。

「けれど近頃、地域によってはそのハゲタカが少なくなって山犬やカラスなんかも鳥葬に参加しているのが現実なのよ」

鳥葬場のまんなかでひと休みしながらわたしの妻はそんなことを教えてくれた。彼女はその前年、チベットの親しい友人が死んでラサでの鳥葬の見とどけ人のひとりとなって、友人がハゲタカに食われ天にのぼっていくのをまぢかに見ている。

「君が死んだときはやっぱり鳥葬がいいんだろうね」

チベットを一番愛し、もう延べ三年間ぐらいはここに来ている妻にわたしは聞いた。

「聞くまでもないことよ」

妻は言った。

そこから先の峠をわたしは休み休み登った。カイラスでは妻は超人的な健脚ぶりを発揮し、チベット族の若い巡礼にひけをとらなかった。わたしはそれを呆然《ぼうぜん》と見ているだけだ。たいてい百メートルほど登ったあたりで妻は空など見ながらわたしを待っていた。空気が薄くなるとこんな他愛のない一歩がどうしてこれほど重くなるのだろうか、こんちくしょうめ、こんちくしょうめ、と怒りながらわたしは一歩一歩短い息をついて登っていった。

やっとテントを張り、簡単な夕食をとる。夜更けに大きな野犬が何頭もやってきてテントのまわりを走り回り、しばしば唸《うな》って仲間同士激しい喧嘩をしていた。ハゲタカが減って鳥葬に参加している犬だろうとわたしたちをガイドしているチベット族の男が言った。

「ということは人間の味を知っているということなのかなあ」

「おそらくね」

彼は冗談とも本気ともつかない顔でそういい、静かに笑った。

時間がいろいろ入れ換わるけれど、ここからまた今の話だ。阿部の妻の葬儀の数週間後にわたしは式根島《しきねじま》にいた。

釣り雑誌の取材仕事をしていて、ふた月に一度ぐらいのわりあいでキャンプしながらの釣りにでかける。そこに参加するのは、阿部の葬儀のときに一緒だった若い友人たちだ。メンバーはその月ごとにいくらか入れ代わるがたいてい十人前後が参加していた。

式根島へは東海汽船でいく。伊豆七島をまわる歴史のある船会社で、そのときも七百人近く乗れる大きな船で島に渡った。とはいえこの季節はずれに乗船客は少なかった。

取材を取り仕切るのは釣り雑誌の編集を担当しているコンちゃんで、いろいろバランスのいい男だった。

彼が調べて交渉し、我々が季節はずれのその時期にキャンプできたのは島の南側にある小さなキャンプ場だけだった。

我々は丁度十人。行ってみると先客がいた。中年の男二人がひとつのテントに泊まっている。挨拶にいくとなんだか一瞬困ったような顔をしたが、そのわりにはそつのない応答をした。

仕事ではあるけれどわたしはこのキャンプを日頃のストレスを解消する恰好《かっこう》のシアワセな時間、というふうに思っているので、とにかくいつも流されるように自然に過ごしている。当初はそこにリンさんというわたしの古い友人が参加していた。彼はプロの料理人で、十人だろうが三十人だろうが何時《いっ》でもまったく豪気な素晴らしい野外料理を作ってくれる。

この釣りの旅には最初の頃はいつも来てくれていたのだが、あるときから腰痛に悩まされ参加がとどこおりがちになってしまった。みんなどんどん歳をとっていくのだ。

そこでその日はわたしがなんだか急に料理をやりたくなり、十人分のカレーライスを作ることにした。釣りに来ているのだから取材仕事としてまずは釣りに行かなければならないのだが、朝から堤防に行っていた先発隊に聞くと、いまは潮が悪いらしく食いが薄いという。三日もここにいるのだからそのうちのどこかで何か釣ればいいのだ。

一年前にわたしは北極ばかり行っていた。アラスカ、カナダ、ロシアと季節を替えて極北の狩人の取材をしていたのだが、カナダのときはテレビの取材で、チームは常に十人以上いた。そこでわたしは退屈しのぎに毎日のように十〜十五人分のカレーライスを作っていた。

カナダのその極北の村は人口千人もいないのだが、そのあたり半径千キロ以内では一番大きな村なのでスーパーが進出しており、コメもカレールウも買えるのだった。米はカリフォルニア米で、これは日本の米に近い。ところがタマネギがちょっとしたカボチャぐらいある黒くて巨大なしろもので、いいかげんな気持ちで包丁をあてても傷さえつかない。本気でこれは斧《おの》が必要だと思ったくらいだった。包丁に体重を乗せ、全身の力をこめてやっと断ち切ることができた。

これはタマネギではなくて「タマネ木」という樹木ではないのか、と皆でいいあって笑った。手に入ったカレールウはソフトに甘いのでもっと凶悪にするためにタバスコやトウガラシの粉末などをじゃかすかいれて食えるものなら食ってみろ的なカレーにし、毎日楽しんでいた。

式根島のキャンプに誰も料理人がいない、ということがわかったとき、わたしは急にこの極北の料理人の日々を思いだしてしまったのだ。そこで釣りよりもひなたぼっこがいいという暇な連中を手下にして十人分のひときわ辛いカレーを作ることにした。なにしろニンニクにしても百個ぐらい剝《む》くし、日本のそれだからきわめて簡単に切れるタマネギだって二十個以上は必要だ。例の秘密の隠し味、トウガラシとタバスコをじゃんじゃん入れる。これを食う人間はどのくらい耐えられるだろうか、というのを作って陽の落ちるのを待った。

「おれはねえ、こういうことをしているのが、今はいちばん気持ちがほっとして好きなんですよ」

わたしはそのチームの中で通称「長老」と呼ばれている一番年かさの友人にそう言った。長老はわたしの気分をいつもよくわかっていた。口数が多いのでわずらわしいこともあったが、永いこと沢山の話をしてきた人生上の貴重な先輩でもあった。

我々の住み着いたキャンプ場にいた先住の二人組のキャンパーは北海道からやってきた兄弟で、もう三カ月ほどもそこで暮らしているという。まあ簡単にいうとホームレスのようなものらしかった。彼らは朝になると長靴をはいて鎌をもってどこかに出掛けていく。最初から我々との会話を拒絶しているようなところがあり、兄弟が何の用で毎日どこに行っているのか我々はわからなかった。

釣り隊は夕方になると沢山のメジナと大きなウツボを持って帰ってきた。刺し身と塩焼きにしてそれらを食い、島の酒に酔っていった。

「おれはねえ、こういうことをしているのが一番好きだね。人生のなかで一番好きだね」

島の酒にほろほろ酔って、わたしは焚き火《たび》の炎を前にさっきと同じようなことをまた誰にともなくそう言った。

そのあたりにはノラ猫が多くいて我々のまわりを常に徘徊《はいかい》していた。やたらにひとなつっこくて、そこらにいる我々の仲間の足元などにしきりに頭をなすりつけてくる。なにか食い物をねだっているわけだ。

それを抱き上げてあやしている心やさしい奴もいた。わたしはどちらかというと猫より犬のほうを信用している。犬だったらたとえノラ犬でもこんなふうにいきなり見知らぬ人間に身をすりよせてはこないだろう。だからかえって人間に頭などをなすりつけてくるここらの猫は用心したほうがいいと思った。

夜更けに先住のホームレスっぽい兄弟が帰ってきて言葉少なに寝る支度をしていた。我々の宴会の食べ物はまだだいぶ余っていたのでそれでよかったらどうぞ、と言いたい気もしていたが、そう安直には言えないような空気もあった。

「まあしかしなんであってもおれはこういう夜が一番好きだな」

焚き火にあたらしい薪をくべてわたしは言った。でもわたしのまわりにいる数人はもう自分の椅子の片肘《かたひじ》にもたれて半分がた寝ているようだった。

わたしはそれから強いウイスキーを飲んで少し自分の中で「しん」とした。そういえばあの路地裏事故の二人組から折れた歯の治療費の請求がまだ来ていないなということを唐突に思いだした。それから次のこの釣りキャンプには妻にさきだたれた阿部を呼ばなければいけないな、と思った。

風に揺れる樹

サンフランシスコの国際空港の出口は、日本や中国の空港によくあるような、柵などでものものしく囲ったり、床に大袈裟《おおげさ》な誘導表示などが描かれていることもなく、ターンテーブルから荷物を引っ張りだし大きなドアを一枚あけるとそのまま道路に出てしまう。

そこにわたしの長男とその息子、つまりわたしの孫が待っていた。でっかいのと小さいのが同じような顔で笑っている。

「同じ顔で笑っているぞ」

わたしは傍らの妻に言った。

「親子だからね」

やはり笑いのまじった声で妻は言った。

「しばらくだねえ。風太《ふうた》くん」

風の強い街、サンフランシスコで生まれたのでそういう名をつけられた。

風太くんが生まれて間もなく、立ち上がるレッサーパンダが登場し、日本でひとしきり話題になった。そのレッサーパンダが風太という名でしきりにマスコミを賑《にぎ》わしていたのでそのときは、あれまあ、と思ったものだが、日本はなんでもいっぺんに騒いですぐに忘れてしまう国だからまあどうってこともないだろう、と思った。

風太くんとは電話でよく話をするが、再会するのはかれこれ一年ぶりぐらいだろうか。サンフランシスコは暖冬の東京よりもさらに暖かだった。空港からすぐにハイウェイ101にはいり、サンフランシスコ湾のへりをとおって息子の住むミッション地区という下町にむかって突っ走る。交通の便がよくて二十分ほどで彼のアパートに着いてしまうから、成田を飛び立つとあとは一直線、というかんじなのでここに来る旅はいつも気軽だった。

風太くんはわたしを「じいじい」と呼ぶ。クルマの中で風太くんはしきりにわたしたちになにか報告してくれた。英語の発音がごく自然で、その風土に住むということは凄《すご》いものだなあと感心した。そのことを妻に言うと「じいじいバカだわ」と思ったとおりのことを言った。

ミッション地区はヒスパニック系の人々が多く住んでいて、近くには世界で初めてゲイ同士、レズビアン同士の結婚を認めた有名なゲイタウン「カストロ」という街がある。街角にはその日の仕事にあぶれた日雇い労働者ふうが数人ずつ立ち並び、あまり治安のいい地区ではなかった。

けれどその一方で路地裏芸術のようなものがさかんで、商店などの壁にはかなり力のこもった現代壁画ふうの絵がいろいろ描かれていてちょっとした観光地のようにもなっている。わたしも最初の頃はそれらを見るために街なかをしばらく歩き回ったりしたものだ。

クルマをアパートの地下にあるガレージに入れて、鉄の扉と頑丈な板戸の二重のドアをあけ、三階にある彼のフラットに登っていく。風太くんが自分で先にたってどんどん歩いていくのがなんだか思いがけなくておかしい。

アパートの部屋には息子の妻とかれらの二人目の子ども、女の子の「海《うみ》ちゃん」が待っていた。まだゼロ歳だ。妻は出産のときにこの地にきて手伝いをしていたのだが、わたしは日本にいたのでその二人目の孫とは初対面だった。「風の街」サンフランシスコは、同時に「海の街」だった。

「海という名前にしたいんだけど」

と息子から最初に名前を相談する電話があったときわたしは不思議な気持ちになった。

十年ほど前に『海ちゃん、おはよう』というタイトルの連載小説を週刊誌に書いていたからだ。わたしが初めて親になったときの体験を書いた小説であった。息子はその小説のことも知っていて「ちょっとヘンな気分もするけれど……」と言った。

「海――っていい名前だよ。最初に生まれた女の子にそういう名前をつけたいと考えていたからな」

わたしはそう言って「海ちゃん」という名に賛成したのだった。

目の前の本物の「海ちゃん」は、こういうのが〝じじバカ〟というのだろうな、という自覚はあったものの、それでも途方もなく可愛い赤ちゃんだった。息子の妻に似て大きな目が印象的だ。

「おお。きみが海ちゃんかあ」

わたしは腰をおとし、なるべく驚かさないように、声をひくめて言った。風太くんが嬉《うれ》しくて興奮して、でもどうしていいかわからず、板の間の部屋を駆け回って父親に怒られている。たった四泊のおそろしく慌ただしいわたしの孫見物の旅の初日はそのようにして始まった。

「数日前までものすごい突風が吹いて暑かったんだけれど、うまい具合に天気が落ちついたんだ」

大きなカップでコーヒーを飲みながら息子は言った。それからしばらくわたしは息子と話をした。彼がアメリカに来てもう十三年になるということを改めて知った。そうか。もうそんなに経っていたのか。

彼がカリフォルニアの大学と大学院を卒業するのに結局何年かかったのか聞こうとしたところで風太くんがとんできて「外にいきたいんだ」と元気な声で言った。ひさしぶりにこの街の大きな空を見たかったので、早速だけれど親子三世代のメンバーで街にでることにした。海ちゃんはもうお昼寝の時間だという。どうせならゴールデンゲートブリッジにつながるパンハンドルと呼ばれている公園にいこう、ということになった。なるほど地図をみるとそこはフライパンの把手《とって》のようになっている。この街にきたら何時《いっ》も行くところだ。よく晴れたカリフォルニアブルーの空がひろがっているうちにぜひともそこに行きたかった。

日本にかえってすぐにはじまるわたしの写真展で、壁に「動く映像」を映すことがきまっている。会場の全体の構成をほどこすデザイナーが「強い風に揺れている一本の樹」をムービー（動画）で床から天井までの大きなタテ型の映像にして黒い壁に映したい、という提案をしていたのだ。写真展というのは当然ながら動かない風景や黙って静止した人物の写真が並べられている。そこに一本の樹が風に揺れて動いている、というアイデアにわたしは大いに反応し、即座に全面的に賛同した。

若いころに十六ミリの映画づくりに熱中していた時期があり、ずいぶんいろんな短編映画を撮影していたが、映画は必ず横位置の画面で撮ることになっている。でも気軽に簡単に撮れる家庭用ビデオやDVDだとタテ位置で撮影し、プロジェクターをタテ型に置いて映せばあまり見たことのない不思議なタテ長型の映像を映すことができる。そんな発想の転換に胸が躍ったのだ。

ゴールデンゲートパークには海からの強い風に揺れている大きな樹がいっぱいあったからわたしの今回の旅はそんな「風に揺れている樹」を撮影する目的もあったのだ。息子のアパートからその公園までも二十分程度のものだった。

サンフランシスコは坂の街でもあるからそこに行くまでいくつもの坂を越えていく。急で長い坂もタテ型の画面にいい、ということに気がついた。さっそくクルマを道の端にとめて三脚をたて、慣れないDVDカメラで撮影した。カメラをタテ位置にして撮っているので、こういうカメラの操作に詳しい人が見たら「あなたは大変な間違いをしていますよ」などと言ってくる可能性があった。アメリカ人はわりあいそういう親切心をもっていておせっかいスレスレに声をかけてくる。

でもDVDはとにかく設置してスイッチを押せばたちまち撮れてしまうのだからハナ

シが早い。これが昔の十六ミリのフィルムで撮る映画だったらまずフィルム感度を設定し、露出をはかり、絞りをきめ、ピントをあわせ、などという手続きをしなければならない。同時録音で音も録《と》る、などということになったらもう一人では無理だ。

「いやはや申し訳ないくらいカンタンだなあ」

わたしはいろんなことに感謝し、目の前のおしよせるクルマの波を撮る。フィックスしたものを壁にただ映しているだけの映像だが五分ぐらいはそのままの位置で撮っておく必要があった。

この「風に揺れる樹」のプランをデザイナーから聞いたとき、デザイナーは言った。そういう映像を売っている業者がいて、たとえば「風に揺れる樹」は五秒で三万円ぐらいするんですよ。けれどそれをつなげてつなげていけばまあずっと風に揺れている樹になるわけですけどね。

あほくさいコトだ、と思った。自分で好きな樹のところに行って、風が吹いてくるのを待ってそれを撮ればいいじゃないか。

海に近いところにある公園の巨大なユーカリの樹が盛大に揺れているのを撮ったあとは、波消しブロックなどひとつもない広大な海に四メートルぐらいの大波が打ち寄せてくる風景を撮った。

息子は海風の中で風太くんをハダカにし、砂の上で二人してあばれていた。わたしが彼ぐらいの若い父親だったときにちょうど風太くんぐらいだった息子と同じようなことをして遊んでいたことを思い出した。

頭のうえに巨大で青い空が、ひるみなく、遠慮なしに「どおーん」とひろがっていた。帰りがけにダウンタウンにまわり、買い物ついでにタイムズスクェアの近くでコーヒーを飲んだ。この広場はほどほどの喧騒《けんそう》があって、でもちゃんとくつろげるので好きな場所のひとつだった。

コーヒーを飲みながらふと空をみると、高いビルとビルの間のはるか上空をいく飛行機が細くて白い飛行機雲をひいてまっすぐ突っ切っていくところだった。これもタテ型の映像にぴったりだったが油断してカメラを広場の地下に駐《と》めたクルマの中に置いてきてしまったのだった。この街に来てタテのフレームに合う風景ばかり探していたのだが、まさに恰好《かっこう》のものが頭の上に出現するとは予想もしていなかった。

二日目の夜は妻の誕生日だったので、わたしがみんなに特上の寿司をおごった。アメリカに暮らす彼らにとって寿司はもっとも高級な食べ物だという。風太くんは鉄火巻きが好きでがむしゃらに口の中にねじ込んでいた。夢中で食べていると、おしゃべりなこのチビ少年がまったく無言になってしまうのがおかしかった。かたわらで海ちゃんは両手をひろげ、フッハフッハと大きな息をして我々をひととおり眺め、ときどき口を大きくあけたりとじたりしていた。

息子の妻が用意してくれた小さなケーキの上に小さなローソクが一本立っていた。わたしの妻は難しい顔をしてそれを吹き消し、一転して風太くんにむかい、くくくっと笑った。


写真展会場は新宿だった。友人のトクちゃんが所有しているビルの地下である。普段は小さな演劇をやっているアングラ劇場で、スペースの半分ぐらいに舞台を設定しても百人ぐらいの客席が作れるちょうど手頃な大きさだった。

しかも演劇用に壁を全面的に黒く塗ってあり、照明器具などもいっぱいあるから写真展にはまったくおあつらえむきの贅沢《ぜいたく》な場所なのだ。タテ型の、風に揺れる樹の映像を映したいと言ってわたしを刺激したデザイナーはクレさんといってわたしの古い知り合いだったし、会場の施工や技術的な構成をする現場づくりは西川というこれも信頼できる友人に全面的に依頼した。

西川はわたしが撮ってきたサンフランシスコの映像を「風に揺れる樹、坂を降りてくる沢山のクルマ、押し寄せる波、風に揺れるもうひとつの樹、坂をのぼる登山電車のような路面電車、夜の道をいくクルマからの眺め」という順で映像をつないだ。ひととおりで三十五分。それが会期中ずっと壁で静かにエンドレスで動いていることになる。プロジェクターはわたしの部屋でときおり使っているビクターの大型ホームシアター用のものを持ってきてそれをタテに据えた。横に長い十六対九のいわゆるビスタビジョンサイズをそっくりタテに大きく映すと、壁にある樹がだまって風に激しく揺れていて、わたしはそれだけでたいへん嬉しくなってしまった。

そこに展示する写真はわたしがこれまで三十年ぐらいのあいだに世界のいろいろなところで撮ってきたモノクロ写真だけを集めた『ONCE UPON A TIME』というタイトルの写真集にちなむものだった。

けれどそれらの写真そっちのけでわたしがタテ型の「風に揺れる樹」にこだわっているものだから、わたしをサポートしてくれる仲間たちに何度か笑われてしまった。

そうだな、もう遠い遠いむかしむかしのことになってしまったなあ。

わたしはひととおりできあがった黒い部屋の写真展会場で静かに揺れている樹を眺めながら、自分のなかのワンスアポンナタイムに一瞬つれ戻されていた。手伝ってくれた人々全員が慰労会のために近くにあるトクちゃんの経営する居酒屋に移動したほんの短い時間であった。

わたしは小学五年で、千葉の古い家に住んでいた。公認会計士をしていた父親が死ぬ一年前だったから、その年齢の記憶は正確だった。父はいつも疲労した顔をしていたが、まだ仕事はしていた。自宅の一番奥の八畳間に大きなテーブルがあって、その上にいつも沢山の書類が載っていて父はよくソロバンをはじいていた。

「ソロバンがおとうさんの商売道具の一番大切なものなんだよまことくん」

当時居候《いそうろう》だった叔父がことあるたびにそんなことを言っていた。

叔父は仕事はしていなくて、もっぱらわたしの家の雑用のようなことをしていた。その頃はわたしは何もわからなかったのだが、叔父はニューギニアのホーランジャ戦線からの復員兵だったのだ。妻と息子がいたが、せっかく復員したというのにその直後に離婚し、子供は妻がたのほうに連れられていった。

「大事なものをひとつ持っているといいよ。まことくん」

叔父はよくそんなことを言っていた。あまりしっかりした意味がわからないままにわたしは子供なりにそうなんだろうな、と判断して素直に頷《うなず》いていた。いま思うと、叔父の言っていたいちばん大事なものというのは、彼の「息子」だったのだろう。

叔父のことをみんな「つぐも叔父」と呼んでいた。復員してから九州のほうで港湾作業員をしていたが、その土地の名が「つぐも」と言ったらしい。どういう字を書いたのかいまだにわからない。そのときにあんどん櫓《やぐら》という小型の起重機のウインチ操作を誤り、丸モンケンという重りを足に落としたのだという。そのために左足が少し内側に曲がっていたので歩くときに体が左右に大きく揺れて大変そうだったが、全身の動きは俊敏だった。つぐも叔父は彫刻や大工仕事がうまく、家では大工道具をつかってなにかしらの手仕事をしていたので、学校から帰ってくるとつぐも叔父のそんな仕事ぶりをよく見ていたものだ。

その頃つぐも叔父が大事にしていたものは一本の鑿《のみ》で、それは全体のバランスからいうと刃先がおそろしく短くて、あるときそれを言うと「こいつはよう、この倍くらい刃先があったけんがのう、研いでいるうちにどんどん減っていってこうなってしまったぁよ」と胸をそらすようにして言った。硬い鋼鉄の刃先がそんなに小さくなってしまうとはとても信じられなかったので、わたしはきっと冗談を言っているのだろうと思った。

家ではときどき鶏をつぶし、それで鶏鍋を作った。鶏をしめてそれを調理するのもつぐも叔父だった。普段酒を飲まないつぐも叔父も、鶏鍋のときは、父親が「飲みなさい」と許可するのでつぐも叔父も無礼講で、日本酒をうまそうに飲んだ。酔うと歌がでた。つぐも叔父の歌はきまっていて、きちんと背筋をのばし、ひらいた両手の指先をズボンの横にきっちりつけて、かならず同じ歌を歌った。

こよなく晴れた青空を悲しと思うせつなさよ……
というのが最初の歌詞だった。どうして青空が悲しいのだろうか、とそれを聞くとき不思議に思った。つぐも叔父の歌はけっこううまくて、みんないつも感心して聞いていた。そしてつぐも叔父はそれを歌うとかならず最後はぼろぼろとあられもなくたくさんの涙を流しているのだった。

あるとき、そういう宴会のおりにちょっとした事件がおきた。いつも父親の言うことを従順に聞いていたつぐも叔父が、父親と何か話しているうちに急に激昂《げきこう》し、勝手口にあった「しんばり棒」を持ってきて、座っている父親をそれで殴りつけようとしたのだ。わたしには異母兄弟が多くいて、かなり年上の兄たちがすぐにつぐも叔父にとりついてことなきを得たが、つぐも叔父はそのまま裸足《はだし》で家を出ていくと二、三日帰ってこなかった。つぐも叔父がなんでそんなに激昂したのかはずっとわからずじまいだった。

数日してつぐも叔父は夕方近くにいきなり帰ってきて、庭にある細長いカツラの樹の下にかしこまって座っていた。服は泥に汚れ、まだ裸足のままだった。

その家は海に近いところにあったので、よく強い風が吹いていた。その日もかしこまって座っているつぐも叔父の上で枝葉の繁ったカツラの樹が激しく揺れていた。その風景が鮮明にわたしの記憶に焼きついている。

やがてつぐも叔父の姉さんであるわたしの母がそばに行って何事か言い、それからさらに長い時間つぐも叔父はそこにいたが、やがて夜になって神妙な顔をして家のなかによろけるようにして戻ってきたのだった。

もうそのじぶんには父はだいぶ弱っていて、奥の仕事場で寝ていることが多く、やがて一月の寒い日にひっそり死んだ。

父の死んだ日、つぐも叔父は台所の隅にかしこまって「いままでありがとうございました」と床に頭をこすりつけるようにしているのを見た。つぐも叔父はそれからしばらくしてわたしの家を出ていった。家を出るときに母にたのんで形見にと父の愛用のソロバンを貰《もら》っていった。

それと交換でもするようにつぐも叔父はわたしにニューギニアに出征していたときに手に入れた小さなレンズをくれた。なにかの照準器に使っていたレンズだというが、それがどれほど重要なものなのか、わたしにはよくわからなかった。けれどつぐも叔父の大事にしていたものだったからしばらく机の中に大切にしまっておいた。

つぐも叔父はそれから数年して九州の筑豊《ちくほう》に戻って再婚し、日雇いのようなことをやっていたが、わたしが十九歳で千葉のその家を出る時期につぐも叔父は死んだ。母が九州での葬儀に行って、帰りに「鑿」を持ってかえってきた。「これを姉さんに」という一文が道具箱にあったらしい。

「へんなものを残していったわよ」と母は言った。それはつぐも叔父のいちばん大切にしていたものだぞ、とわたしは母に言ったのだが、母はあまりピンとこないようだった。

つぐも叔父からもらってどこかに無くしてしまった戦争のときのレンズが、わたしの記憶のながい悔恨になった。けれどそのひとつの小さなレンズが、後々わたしが写真や映画など、レンズを介した映像づくりに傾倒していく心理的な大きなきっかけになったような気がしてならない。

特殊レンズで偏光されたサンフランシスコのタテ型映像が、ひと気のなくなった写真展会場で揺れていた。いきなり脳裏をよぎったわたしのなかのワンスアポンナタイムは、風に揺れている大きな樹が呼び起こしたようだった。

わたしが小学校六年の冬にひっそり死んでいった父とわたしはあまり親しく話をした記憶がなかった。父は無口で、なにかいつも考え事をしているような顔をしていた。だからわたしは自分が父親になったときに子供とはできるだけいろんな話をしようとこころがけ、息子と友達のような関係の父親になれればいいな、と思った。それはある程度うまくいったように思った。

十一日間開催していた写真展にわたしはわりあいよく顔をだした。知った顔、知らない顔、毎日沢山の人がやってきてくれた。むかし映画会社をつくり十年ほどのあいだに劇場公開用の劇映画を何本か作ったが、そのときの仲間が何人かやってきてくれた。わたしはそのたびに壁の端にタテ型に映っているサンフランシスコの映像の話をし、フィルムよりも圧倒的に簡単に撮れてしまうＤＶＤのおもしろさとつまらなさについて話し、それからひとしきりむかしの映画づくりの頃の思い出話をした。映画関係者だけがタテ型の映像の異常なる、そして痛快なる意味を理解してくれた。

開催して三日目ぐらいにカナダ人のローリー・イネステーラーがいきなりやってきたのでびっくりした。再会は十五年ぶりぐらいだった。大男のローリーの顎鬚《あごひげ》はもうみんな白くなっていた。彼はカヌーでユーコン河をよく下っていたが最近は何もできなくなったよ、と少し笑いながら言った。それから共通の友人の消息についてしばらく話をした。病死やフィールドで遭難死した友人たちの話をし、おれたちも互いに歳《とし》をとったよなあ、と同時に言いあった。まわりに別の客が来て五分ぐらいでローリーと別れた。カナダ式に互いに抱き合った。十五年会えずにいたのだから、ひょっとすると今のが彼と最後の邂逅《かいこう》になるのかも知れないな、とかなりシリアスな気持ちになったが、次の客との話でそんな気持ちもすぐに収めることができた。

夕がた近くになると西沢やヒロシや海仁《かいじん》といったいぶ年下のいつもの仲間たちが顔をだし、近所の居酒屋に行って、それが儀式のようにみんなして酒を飲んだ。写真展が終了するとすぐに西沢のやっている雑誌の連載で祭りの取材に行くことになっていた。

足かけ三年、全国のちょっと変わった祭りを探して取材している。担当者の西沢がその対象候補地の祭りの概要をいくつか持ってきていて、みんなで相談した。春の祭りになるので全国でこれから行われるのはわりあい穏やかな内容のものが多かったけれど、ひとつだけ奈良の河合町《かわいちょう》というところで一日だけ行われる「砂かけ祭り」というのが面白そうだった。

「この時期の祭りは田植え祭りが多いんです。でもこれは境内に砂が沢山まいてあってそれをみんなでめちゃくちゃ掛け合うというかなりヘンな祭りです」西沢が説明すると、

「ひえぇ」

と、写真担当のヒロシがヘンテコな声を出した。その取材はデジタルカメラで撮るのが前提になっているのだが、今回は発売間もない最新機種での撮りおろしになるという。

「デジタルカメラは砂に弱いんです。なんでよりによってまた……」

「しょうがねえだろ。仕事なんだから。お前もプロなんだからなんとかしろ」

西沢がいつものべらんめえ口調で言った。

「プロ野球の優勝したときのビールかけパーティを何度か取材してますからあの要領でなんとかします」

ヒロシは気のいい男だった。

祭りの日程を聞いてその前後のスケジュールを調べた。二月の奈良は寒そうだが水かけ祭りではないからまだましだろう。

その日の夜、わたしの携帯電話に見覚えのない番号の電話がかかってきた。出ると若い男の声で自分の名を言った。誰か思いだせなかったがそいつが続けて説明したのですぐに理解した。

今年のはじめ頃に自動車のすれ違いが原因でトラブルとなり、否応《いやおう》なしのこぜりあいになってついつい相手を殴ってしまったときの関係者だった。私の殴った相手が歯を折り、その治療費をわたしが出すことになっていたのだ。その後一度だけ代理人という男から経過の電話があったきり一カ月以上過ぎていたのでほとんど忘れていた。

電話の男はいくぶん緊張した声で、医者から治療費の請求がきましたので約束したものをお願いしたいんですが、と無理に丁寧に作ったような声で言った。この前電話してきたときの代理の男と違う声なので、そちらは当事者とどんな関係の人ですか、とわたしは聞いた。

「あのとき助手席に乗っていたものです」

そいつは言った。語尾にどこかの地方訛《なま》りがあった。アポロキャップを反対に被っていた若い男だ。あの一騒動のときにわりあい常識的に対応していた青年のほうだというのがわかった。わたしはこの件はできるだけ早く処理してしまいたかったので、それから暫《しばら》くどのように請求額を渡せばいいのかの話をした。

このことは友人の弁護士と、わたしの事務所のアシスタントの大西さんに簡単に相談してあった。大西さんが心配していたのはコトの展開からいって相手の質《たち》が悪いと、なにか思いがけない策略をめぐらすのではないか、ということだった。

あのとき挑発するように唾をはきかけてきた男のがさつな口調や顔を思い出すと、どこかでかれらの仲間大勢に囲まれて復讐《ふくしゅう》される、という危惧《きぐ》もあったけれど、電話で話した代理人も、その日電話をかけてきた若い男のくちぶりからも、そんなテレビドラマみたいなことにはならないだろうという直感のようなものがあった。

わたしは請求額を聞いた。

「十六万円です」

若い男は奇妙にひかひかした声で言った。事務所の大西さんは相手の銀行の口座番号を聞いてそこに振り込むようにするのが一番いいです、とアドバイスしてくれていた。

そのことを言うと男はいくらか口ごもり、

「できればじかにもらいたいと思うんですが。だめっすか」

丁寧な言葉づかいがすこし破綻《はたん》しつつあったが、そばに別の誰かがいて相談しながら話しているという気配でもなかった。わたしは「少し考える」と言ってそのときの電話を切った。

翌日、事務所の大西さんにそのことを伝えた。

「では会う場所をこっちで決めましょう。できるだけ昼間、まわりに人が沢山いるようなところがいいですね」

これまでわたしが原因でおきたいくつものトラブルをうまくアドバイスしてきてくれた大西さんにこのことをそっくりまかせることにした。

廣瀬神社の「砂かけ祭り」は思っていた以上の奇祭だった。おごそかな神事が終わると戦争中の防空頭巾《ぼうくうずきん》のようなものを被った白装束と、牛の面を被った黒装束の男が境内にやってきて木で作ってある板鋤《いたすき》のようなものでまわりに集まってきた見物人にいきなりどさどさ砂を投げつける。こんちくしょうとばかりまわりの人々が手に手に砂のかたまりをつくってその白装束、黒装束にめちゃくちゃに投げつけて双方で盛大な文字通りの「砂かけ大会」になるのだった。

わたしとヒロシは二台のカメラでその騒ぎの中に入って写真を撮る。当然こっちにも盛大に砂が飛んでくる。カメラはあらかじめヒロシの手によってラップで厳重に覆って砂が入らないようにしてあった。私達も帽子にゴーグルをつけ、鼻や口をタオルで覆ったが、それでも容赦なく砂は全身に飛び込んできた。

異様な騒ぎはシュートボクシングのように五分一ラウンドで二分ほどの休憩があり、それが八ラウンド続く。ラウンドの開始と終了の合図がゴングではなく太鼓の大きな「ドン」という音なのが楽しかった。なんとも異常としか言いようのないその騒ぎは最後まで面白かった。厚着しすぎて全身が汗まみれになったが、全部の取材を終えて旅館の風呂に入ったときにあらためておかしさがこみあげてきてみんなで笑いあった。

翌日の昼すぎに東京に戻った。家に帰って荷物を解いているときにまた携帯電話にトラブルがらみの男からの電話があった。

「今日は休みなのでできれば本日のうちに約束のものを受け取りたい」という内容だった。先日電話してきた若い男のほうの声だった。この前のようにやや無理して使っているような丁寧な言葉だ。もうこの件はさっさと片づけてしまいたいという気持ちも強かったので大西さんが考えてくれたJRの駅のそばのファミリーレストランの名を言い、ではそこで会いましょう、とわたしは言った。

若い男は「ちょっと待ってください」と言ってしばらく電話の通話口を片手で押さえたようだった。「クルマでこられるんでしょう?」たいしてあいだをおかずにその男は聞いてきた。今度はあきらかに傍に誰かいるようだった。わたしは「そうするつもりだけれど」と答えた。

「こっちもクルマなので楽に止められるところにしていいですか?」男は聞いた。続いて言った場所はすぐ近くの行政施設の駐車場だった。休日でも入れるのだろうか、と聞くと休みなく区民に開放している駐車場だという。そのあたりをよく使って知っているような口ぶりだった。わたしは了承し、一時間後にそこで会うことにした。

何も書いていない封筒に金をいれて、家からクルマで出た。約束の場所まであまり考えることはなかった。街や通りにはよく晴れた休日を過ごす人々が沢山いた。なんだか本当にテレビドラマのような展開になってきたな、とクルマを走らせながら思った。いつの間にか向こうのペースになっているのがいささか気にいらなかったが、まあ、あとはなるようになれだ、と思った。千葉のろくでもなくあらくれた高校にいたとき、学校同士での喧嘩《けんか》がときおりあってわたしはいつもその戦闘員で、急速にその時の気分を思い起こしていた。先方の高校に攻めに行ってむこうのテキに会う直前にいつも急に大便がしたくなるのだ。緊張した神経が下腹を刺激するのだろう。やっぱりこれも精神のワンスアポンナタイムだ。

自分は今また幼稚で軽率な反応をしているのかも知れないな、とも思った。もう孫が二人もいる「じいじい」なんだからなあ。

やっぱり事務所の大西さんに電話をして冷静に判断してもらうべきだったかなとも思ったが、もう遅い。あと五分もしないうちに現場についてしまうのだ。間抜けに苦笑する気分だった。

相手は先に着いていた。わたしのクルマをしっかり覚えていて、すぐにこちらに近づいてきた。思いがけず男と女の二人連れだった。男はやはりあのときアポロキャップを前後反対にかぶっていたやつだ。その周囲に彼らに関係する仕込みの連中がいるのかいないのかということまで見当はつかない。乳母車を押して若い家族連れがきゃらきゃら笑いながらわたしのかたわらを歩いていく。遠くで右翼の街宣車が軍歌を流しながら走っていく。

そうだった、今日は昔の「きげんせつ」の振り替え休日だったんだ。「きげんせつ」。どういう字を書いたんだっけな、唐突にそんなことを思いながら二人に接近していった。

女は男と同じぐらいの年頃で奇妙にフレームのつぶれた横長の眼鏡をかけていた。そして二人ともひどく硬い表情をしていた。

「被害者の代理です」

男のほうが言った。だぶだぶの茶色いセーターを着て底の厚いスニーカーを履いている。二十代の半ばぐらいだろう。少し前まで髪を染めていた形跡がある。サンフランシスコのミッション地区によくいる仕事にあぶれたヒスパニックの気配に近かった。「被害者」という言い方にいきなりわたしは苛立《いらだ》っていた。「被害者といったら同等だろう」そう思ったがまだ口にはしなかった。

両者のクルマをとめた駐車場の反対側に区立の体育館があり、そっちのほうでどうですか、と男は続いて言った。

そこは入り口がそっくり左右にひろがった幅の広い階段になっていた。家族連れを含むたくさんの人がてんでにくつろいだり、若い奴の何人かが自前のCDラジカセでせわしない音楽を鳴らし、くねくねした踊りに夢中になっていた。ヒップホップというやつだったかな。

もし復讐のために何人かに襲われるとしたらそのあたりなんだろうな、と瞬間的に判断した。こういうところで突然乱闘になってもまわりにいる人は絶対に何もしない。加勢も止めることもしない。せいぜい今なら誰かがケータイで警察に連絡するくらいだ。高校生の頃にそうして襲ったこともあるし、やられたこともある。たちまち大勢に殴られてすぐに逃げられたらそれまでの話だ。

二人はいきなり「ここでいいですか」と聞いた。いくらかすいている階段の下だった。なんと立ち話だ。

わたしはあたりを見回しながら、医者の治療費請求書を持ってきたのか聞いた。それはないという回答だった。少し考えた。話が違っているように思ったのだが若い男は「そんな話にはなっていなかったですけども」ときっぱり言った。なるほどそう言われてみるとそれはこっちの思い込みだけで、具体的にそういうことは要求していなかったのかも知れない。

ああ、そうか、とわたしはそのとき思った。歯の治療は保険で済んでしまい、そんなに実額はかからなかったということが考えられる。そうなると十六万円は実質的な慰謝料のようなものになる。それが高いのか安いのかわからない。しかしその程度ならどっちにしてもいい、と思った。ドタン場でもめたくなかったし、できるだけそいつたちと向き合っている時間を少なくしたかった。

「では一文書いてもらえますか」

わたしは言った。

「いちぶん?」

「領収書のようなものです」

二人は顔を見合わせ、すぐに女のほうが頷いた。その間に交わしていたボッボッした話でいくらか彼らのことがわかった。彼らはこの近くの工務店に勤めていて、女のほうはそこの経理事務をしているのだと言った。ごく普通のOLという感じだった。適当な紙がなく、ようやく女がバッグの中から折り畳んだ罫紙《けいし》のようなものをひっぱりだした。そこにボールペンで医療費の代金を確かに受け取ったという文章を書いてもらった。

「エト、じゅりょうのりょうは?」

女がすこしはにかみながら言った。

「領収書のリョウ」

わたしは言った。経理事務をしているわりにはそんな文字も知らないのはおかしいと思ったが女も全身で緊張しているようで、その緊張感から来ているのだろうと解釈することにした。

その紙を受け取った。印鑑のないそんな紙にどれほどの意味があるのだろうか、と思ったが成り行きなので仕方がない。金の入った封筒を渡した。女が指先で枚数をかぞえ、その動作のBGMのようにしてまた遠くで右翼の軍歌が鳴り響いた。

ふたりとわたしは挨拶《あいさつ》もなしにそれで別れた。別れしなに一瞬、ふたりにまんまと騙《だま》されたような気もした。考えてみるとわたしが殴って歯を折った当事者とはこれまで一度も電話で話もしていないし顔も合わせていなかったのだ。でも取《と》り敢《あ》えずのケリはつけたわけなのだから、まあこれでいいか、と思った。

用意は？　できてます！

わたしはだいぶ以前から洗濯が趣味のようになっていて、仕事のあいまに自分のものを洗濯する。原稿仕事がはかどらないときの丁度いい気分転換になるのだ。なにしろ洗濯は原稿仕事と違って確実にコトは進んでいく。そこのところがいい。

ただし、動機がいたってきまぐれなものだから、冬の太陽があと少しで西にずんと傾いていまにも落ちてしまいそうなときにいきなりはじめたりするので、口にはしないが妻はかえって迷惑しているようだった。突然の趣味的家事手伝いなどというのは大抵そんなものなのだろう。

その日はけっこう早く午前十時すぎの洗濯になった。わたしの家の屋上は南側に向いているので冬の朝はあんがいくっきりと富士山が見える。そんな風景を眺めながら、という目的もあった。暖冬とはいえ富士山の上のほうはだいぶ広い範囲で真っ白になっている。こういうときもあそこの小屋にはかなりの人が泊まっているのだろうな。洗ったシャツをハンガーなどにかけながら、暖かい冬の朝陽のなかでそんなことを考える。

二年前の同じ時期にわたしは北極海に面したバローというところにいた。極北の狩猟民族を取材するのと同時に写真をいろいろ撮りたかったのだが、冬は太陽の上がらない極夜《きょくや》地帯だからあまり自由に撮影できない。それでも一枚だけ気にいった写真が撮れた。

マイナス四十度のブリザードの中を親子三人が家路につくところだった。ISO三二〇〇というもっとも感度の高いモノクロフィルムを小型カメラにいれて撮った。屋外灯のいくつかの光源しかなかったが、極寒の冷気がちょうどいいフィルターになってくれたようだ。

両親のあとについていく小さな子供の背後に小さな影ができているのも嬉しかった。その写真は、今年全国のいくつかの都市でひらいていくわたしの写真展に展示する一枚に加えた。極夜といっても一日のうちに二時間ぐらい、いくらかまわりの風景が見える程度の曖昧《あいまい》な昼の時間がある。けれど北極海は完全に凍結していて、氷原に入り込んでいくと白熊に襲われる危険があった。

バローのイヌピアット資料館で見た写真が印象的でいつまでも気持ちの底に残った。五十年ほど前の「春の鯨まつり」の風景を写したもので、この村によくこんなに大勢の人が、と思えるくらいの賑《にぎ》やかな人々の踊りの輪があった。何艘《なんそう》もの小さなカヤックで捕獲してきた鯨が海のそばに横たわっている。鯨を仕留めるとカヤックがそのことを伝える合図の旗をかかげ、村の舟着き場に帰ってくるのだという。そうして村人総出の鯨まつりが始まるのだ。鯨まつりは規模や風景こそだいぶ変わったが春の到来をよろこぶという意味もこめていまでも鯨が捕れると行われるという。そんな写真を撮りたかったが、それには半年ぐらいこの村に腰を落ちつけていなければならなかっただろう。

わたしはきちんと干せた洗濯物をひととおり眺め、とりあえず満足した。もう一度富士山の様子を眺めようかというときにポケットの中にいれてきた電話が鳴った。親子電話の子機というやつだ。時間を考えて、たぶんそうだろうな、と見当をつけ受話器に耳をあてた。やはりサンフランシスコからの電話だった。時差の関係で彼らからかかってくるのはいつもそのあたりの時間だった。

「じいじい……」

元気のいい風太くんの声がした。わたしの孫だ。

「はいはい」

わたしはじいじいの声でいう。

「だからねえおばけの世界があるんだよ」

風太くんがいきなり息せききったような声でいう。

「そうかあ。おばけの世界があるのかあ」

「おばけの世界はねえ」

風太くんのそこからあとの話は何を言っているのかよくわからなくなった。まだくわしい話が出来るほどの語彙《ごい》がない。

「そうか。ふーん。そうだったのかあ」

でもわたしは風太くんに調子をあわせる。よく内容のわからない何かの報告があり、わたしが答え、そうしてわたしと、少年になりかかりの幼児との不思議な会話はおわる。

「じゃあまたね」

「じゃあまたね」

なんというい朝なんだろう。東京の空が急にぴかぴか輝いてみえる。いま自分は、ようやく人生のなかでいちばん落ちついたいい時代を迎えているのかもしれないな、と思う。からになった洗濯物をいれる籠《かご》をもって階下におりる。妻は京都に行って留守だ。無人の家の中でわたしのおだやかな一日が始まる。

午後に大手町の読売新聞社に行く用があった。この新聞社と日本医師会が共催している「生命《いのち》を見つめるフォトコンテスト」というタイトルの選考委員の仕事があった。本社の入り口の様子が昨年と変わっていて駅の改札口のようなものができていた。ＩＤカードをそのゲートにある感光板のようなところにかざし、通行可能な照合ができないと通れない仕組みになっているようだ。

昨年までは受け付けに行って名前や用件を告げるとその約束事項を確かめ、胸のポケットに差し込む入館許可証のようなカードを貰《もら》うようになっていたが、またいちだんとガードが厳しくなっていたのだ。さてこれはどうしたものかと佇《たたず》んでいると、係の人がわたしを見つけて、別の通用口のようなところから中に入れてくれた。そっちにはガードマンが二人、軍事基地のゲートを守る兵士のようにして立っていた。

わたしはひところ自分で運転するかタクシーなどを使うかして移動することが多かったので、電車の切符を買うのが苦手だった。しばらく電車に乗らないうちに券売機のシステムがどんどん先鋭化複雑化して、慣れないわたしなどは機械の前で立ち往生してしまう。外国などではそういうとき知っている人が気軽に教えてくれることが多いのだが、日本はまわりの人がきわめて冷淡だ。機械をどんどん新しくしてしまい旧来のものを一切なくしてしまう、という鉄道会社のやりかたもサービス機関の感覚としては冷たい印象だ。

そんなこともあってわたしは電車から遠のき、それによってさらにまた新システムから取り残されてしまうのだ。

　やがてカードを購入すればそれで改札口を通過できる、ということを知ってわたしにも道が開けてきた。これならわたしの事務所の女性にカードさえ買ってもらえばいいし、もはや改札の前で怯《おび》えることもなく堂々と通過できる。

　そんなことをふいに考えてしまったのは、その日新聞社の入り口がまるで電車に乗るときの改札口のようなシステムになっていたからだった。会社の入り口が駅の改札のようになっている、という風景はわたしにはなんとも非人間的で、異様に思えた。

　そういう非人間的なシステムを通過した先で最もヒューマンな「生命を見つめる」写真のコンテストをやるということに奇妙な違和感を持った。なぜならそこに並べられている写真の多くは、人間をはじめとした動物たちや鳥や虫までも含めた沢山の生き物の自然の中の優しい営みを讃《たた》えるテーマであったからだ。

　沢山の写真のなかに、雪の中から芽が出ている樹木の写真があった。その樹の根のまわりの雪が溶けだしていて土が見えてきていた。樹にも熱があるということがわかる。これは樹の命の熱なのだ。けさがた北極圏の旅のことを思い出していたからだろう。わたしはバローのあとにアラスカのフェアバンクスに行って舟津圭三さんと会ったことをその写真の向こう側に思いだしていた。舟津さんが犬橇で南極を横断した記録を読んでいてそれに感動し、せっかく近くまできたのだからと彼の家を訪ねたのだ。

舟津さんは川ぞいの原野のようなところに自分で作った丸太小屋に住んでいた。そこにいるあいだにわたしは犬橇のあやつりかたを教えてもらい、八頭だての犬橇で近くの雪原を走れるようになった。

わたしは電車に乗るのは苦手だが馬や駱駝《らくだ》などの動物には不思議にうまく対応できるのだ。その日も初めての犬橇をのりこなすことができた。犬橇は考えていた以上に静かな乗り物だった。大雪原に出ると橇が雪面を滑る音と、沢山の犬の激しい呼吸の音しか聞こえなくなる。止まるとき橇の最後尾に垂らしている厚布に乗って体重をかけてそのスピードをおさえ、教えてもらったばかりの犬語で「とまれとまれ」と言う。それから牙のような形をした金属の主ブレーキを雪面に打ち込む。これは確実に利き、犬たちは無念そうに走るのをやめる。でもほとばしっているエネルギーをもてあましてしまうのかそれぞれが軽く嚙《か》みあったりして次の疾走スタートの合図を待っている。

ひととおり終わったあとで舟津さんと雪の林の中で話をしているときに、樹木の根がその生長していく熱でまわりの雪を溶かしているさまを初めて見たのだった。

その日の写真コンテストで、わたしは応募作品のなかにあった雪を溶かして春に逞《たくま》しく大きくなろうとしている樹木の根の写真に一票をいれたが、ほかの人の賛同はなかった。見たかんじすこぶる地味な写真であったから、それもまあ仕方がないと思ったが心残りだった。

翌日、ニューヨークに住んでいる娘がやってくるので自動車で成田空港に行った。空港に入る前にもゲートがあって本人確認や空港に行く用件の質問がある。世界のいろいろな国に行くが、戦争中とかテロ多発の国などのほかはこんな警戒ゲートはまずないから、街なかがおそろしく弛緩《しかん》して平和に見える日本という国でここの一連の手続きがいちばんギャップのある風景ではないかといつも思う。日本の政府はいったい何を恐れて、いつまでもこんなことをしているのだろうか。

娘と会うのは半年ぶりだった。ニューヨークは寒いらしくかなり分厚いコートをまとっており、一カ月ほどの滞在にしては随分小さなキャリーバッグをひとつひいていた。

二日後に盛岡に行った。

三月は、博多と盛岡でわたしの写真展が開かれる。一月に新宿のアングラ劇場で開いた写真展『ONCE UPON A TIME』と同じものが全国六箇所で順繰りに開催される。それぞれの土地で開催の段取りとその運営をしてくれるのはみんなその土地のわたしの古い知り合いだった。

企業がからまないので低予算でいかねばならず、宣伝や告知にはわたし自身が動かなくてはならなかった。盛岡の全体のアテンド役をやってくれるのは高橋政彦君で、二十年来のつきあいだった。

彼は改札口の先でいつもニカニカした気持ちのいい笑い顔で待っている。会うと「いやあ」とか「どうも」などといった男特有の曖昧で簡単な挨拶《あいさつ》のあとたいした会話もなしにいきなり駅前にある焼き肉屋に行って名物の盛岡冷麵を一緒に食べる。そうでないとここでの仕事は始まらなかった。

冷麵は辛さにランクがあってそこは「辛味なし」から「普通」「中辛」「激辛」というふうに分かれている。少し前に北海道の釧路に取材にいったとき担々麵《タンタンめん》に辛さのランクがあってそこは「絶叫」「地獄」「即死」という過激なランクわけになっていた。まあその店のジョークのつもりなんだろうけれど。

おだやかな「中辛」を二人ですすりながら、わたしはそのときの話をした。

「一緒に行った取材チームの若手カメラマンが激辛好きなので一番辛いという『即死』を頼んだんだよ。やがて注文したものを持ってきたウェイトレスが無表情でマニュアルどおり『即死の方はどちらですか？』と聞くんだ。若手カメラマンが手をあげ『ぼくが即死です』って真面目に答えていた。これが妙に日本っぽくておかしかったんだよなあ。外国だったらここで絶対なにか気のきいたジョークのやりとりがあるだろう。即死する前に召し上がって下さいねーとかな」

「支払いは即死したあとになりますので払えませんが、とかね」

わたしたちはそのあと盛岡も暖冬で雪が極端に少なく、街全体の風景がなんとなく物足りなくなっている、というような話をした。それから高橋君のクルマで街に出て、まず地元紙『岩手日報』の文化部記者の取材をうけた。続いて地元テレビ局に行って出番を待った。五時からはじまる生放送の番組だった。テレビのスタジオでやるバラエティスタイルの番組にはまずしり込みするが、今回の写真展は自分がまいたタネでありそのためのプロモーションだから文句も言っていられない。

スタジオに入ってしまうとたいして気後れはなかった。男女のキャスターもほどよく素朴で浮ついたところがなかった。けれどわたしの紹介が大げさな内容になっているので瞬間的な気後れがあった。なんとかやりすごし、その月の終わりの頃に始まる写真展のアナウンスがなされ、ちょっとした抱負を語ってその場の仕事は終わった。

夜は高橋君の実家がやっている居酒屋に行ってビールの乾杯となった。その店は高橋君の妹がきりもりしている店で「海ごはん」という店名だった。隣が高橋君の両親がやっている魚屋さんなので、この居酒屋ぐらい三陸の新鮮な魚が豊富に食べられる店はない。

暖冬は海にまで影響していて、本来は夏の風物詩ともなるホヤがもう出てきた。わたしはこのホヤが大好物だ。東京生まれの人でわたしぐらいホヤが好きな人は珍しい、とよく言われるのだが、東京在住でホヤが嫌いな人が多いのは新鮮なホヤを食べていないからだ、とわたしは確信している。

「ああ、ホヤだ。ああ嬉《うれ》しい！」

わたしは本日のそれなりに気を使う仕事から解放されたあとのビールのうまさとホヤのうまさにずんずん全身の緊張がほぐれていくのを感じた。

北極海の旅が続いた二年前は、最後にチュコト半島のネオ・シャブリノというロシアの極北の民の村まで行った。ベーリング海峡を越えるまでのアプローチとプロヴィデニヤというかつてのロシア極東の軍事基地の町まで行くのにえらく手間と時間のかかる旅だった。地図で見るとチュコト半島は北海道を越えてカムチャツカ半島をさらに通りすぎていった先のほうにあるのだから日本のすぐアタマの上にあるかんじだ。けれどそこに行くにはいったんアメリカのシアトルに飛んで、そこからじわじわと北極海ぎわを横に移動していくしかなかった。

チュコト半島のはずれにいるユーピックと呼ばれる極北の狩人たちはアラスカやカナダと同じ親しみのあるモンゴロイド系の顔をしていた。かれらもアザラシの生肉を食べていたが、凍った海に穴をあけてホヤをとってそれを常食にしているのを見て驚いた。北極海のホヤはアカボヤといって三陸のそれとは違って全体のイボイボがない。つるんとした、そのとおり見事に赤いボール状の上にマカロニの切れ端をのせたような可愛い形をした海水の入水、出水孔がついているのだが、マカロニの一方が電極のマイナスでもう一方がプラスのマークになっているのがなんともおもしろく可愛いシロモノだった。泊めてもらったその村のセイウチ猟の漁業組合の会長の家では生や茹《ゆ》でたそれを沢山食べさせてもらった。彼らは彼らで日本人がホヤを普通に食べているのを見て驚いているのだった。

「海ごはん」の客はわたしが盛岡でいろいろ世話になっている人達で貸し切り状態になっていた。その中に現地で活躍しているつきあいの古いプロレスラーもいて話題はいろいろ懐かしく、夜更けまでの宴になった。

翌日の午後、自宅に帰ると玄関に三十人ぶんぐらいの靴が並んでいてもの凄《すご》いことになっていた。忘れていたけれどその日はチベット暦の正月で、例年わたしの家で日本にいるチベットの人やその友人らによる正月の宴が行われるのだ。二階のリビングルームに大勢の外国人がいた。チベットのほかにネパール、韓国、モンゴルなどアジア系の人が殆《ほとん》どだった。わたしは挨拶し、三階にある自分の部屋に行った。間もなく階下から大勢の合唱が聞こえてきた。どこかの国のやわらかい旋律の歌だった。午前中から夜遅くまで、この不思議な宴が続く。みんなわたしの妻の友好関係の人々でわたしには直接かかわりがないのでわたしとしては気が楽だった。

まだ冬の陽が残る屋上にいくと東の手すりのところに枝の大きく張った樹がくくりつけられ、そこに祈禱《きとう》旗、タルチョが掲げられていた。祝いのときに撒《ま》くツァンパの白い粉があたりに散っている。みんなが故国を遠く離れて、いましがたまでここで懐かしくささやかに新年を祝っていた風景が目に浮かんだ。

真冬にしては暖かい日が続くのでみんなでサイクリングに行きましょう。と、西沢が突発的な提案をしてきた。少し前にわたしはいきなり自転車にメザメ、よく行く新宿の居酒屋に行くのに自転車を使うようになっていた。家から十七、八分で行けるので運動のためにもちょうどいい。途中新宿の駅を越えるためには二つのルートがあったが、どちらも車道を走るのは大変だった。大型のトラックなどがすぐ横を唸《うな》りをあげて突っ走っていく。ちょっとシャツなど引っかけられたらえらいことになるだろう。風太くんとあそぶためにも今ここで死んではいられない。かといって歩道は通勤帰りの時間などになると歩く人にとって自転車ほど迷惑なシロモノはないのだな、ということが実感的によくわかった。それでも苦労して居酒屋にたどりつくと、普段タクシーを使って居酒屋を往復していたときのなんとはなしの罪悪感のようなものはなく、それなりに爽快《そうかい》だった。

その居酒屋でしょっちゅう飲んでいる西沢やヒロシなどにわたしの自転車熱が伝染したようで、サイクリング作戦が生まれたのだった。トラックや新宿の人ごみ雑踏のなかを気を使いながら走るよりは、よく晴れた日に東京の郊外を自転車で行く、というプランは魅力的である。週末にでかける計画ができて多摩川ぞいを行く、という大雑把《おおざっぱ》なコースが決まった。

娘は久しぶりの帰国だったので結構いろいろな人と仕事の打ち合わせなどがあり忙しそうだった。一カ月近く日本に滞在しているあいだに家族三人で家で食事する日を決め、妻は娘に久しぶりの日本の実家で食べたいものを聞いた。「おかあさんの作る煮しめとサワラの西京漬が食べたい」と彼女は言ったらしい。

アメリカでの生活が十三年にもなる娘は毎日のように変化している日本の街やその風

景を前に、来るたびにいささか戸惑っているようだったが、東京で暮らしていながらわたしがなかなかできないでいる私鉄や地下鉄の乗り換えなどもなんとかこなしているようだった。

盛岡より前に博多でわたしの写真展が始まったので、その初日にあわせて福岡に行った。福岡は空港から街までタクシーで二十分程度と大変に近いのでいつも気分は楽だ。わたしはどこの空港でも、外に出たときに空を眺める癖がついていた。空港はその性質上日本のようにごみごみした風景の国でもそこそこに空は広い。晴れているときはそれだけで気持ちがよかった。けれどよその地方都市と比べて福岡は空港施設がえらく横に長いので見上げる空もせせこましく細ながいように見えた。暖冬は東京よりもきわだっていてシャツ一枚で歩いている人も多い。

写真展の会場は中心街にある書店、青山ブックセンターの四階で、そこではクーラーがかけられているので驚いた。新宿のビルの地下の真っ黒な壁のアングラ劇場でやった写真展と比べると、そこは窓からの採光が豊富で壁も白く、作者のわたしから見ても同じ写真展とは思えないほど健康的で明るく、なんだか気恥ずかしいくらいだった。

ここも長いつきあいの井上さんとその仲間の人達が運営の一切をやってくれているのでつくづく有り難いことだった。夜になると博報堂の九州支社長をしている川上さんと沖縄に住んでいる友人の写真家、垂見さんらとの宴席になった。二人とも古いつきあいだ。

どちらかのなじみらしい居酒屋の小上がりのいい席に大皿いっぱいに鯛《たい》が乗っている。その日の朝、二人が釣ってきたらしい。川上さんはダイビングの名手で、わたしはもっぱら彼とは海べりで会うことが多く、こんな都会でスーツ姿の彼と会うとなんだか不思議な気分になる。わたしの親しい友人らはフリーランスの、つまりはわたしと同じくらいいいかげんに日々を過ごしている連中が多いから、川上さんのようにきちんとビジネス最前線で活躍している友人をみると何か新鮮な感動がある。

宴のおわりごろに川上さんの携帯電話がなり、やがていまふうの若者が二人店に入ってきた。大学生ぐらいの川上さんの息子とその友人だった。

「まあめしを食っていけよ」

川上さんは父親の声でそう言った。二人は卓の上の残ったおかずでドンブリめしをわしわし食べ、それからおひらきになった。川上さんの息子は父親をクルマで迎えにきたのであった。その迎えのクルマにわたしも便乗しホテルに送ってもらった。まだこんなふうにきちんとした父親と息子のここちのいい関係を川上さんがしっかり作っていることにわたしはじっくり感動していた。

翌朝早く、井上さんがホテルに迎えにきてくれた。その日は地元のＫＢＣテレビの朝の生番組に出ることになっている。盛岡のときと同じ目的だ。

その日わたしの隣にはレギュラーコメンテイターの映画評論家おすぎさんがいた。十年ぶりぐらいの再会だろうか。

生放送は大きな紙に「あと三十五秒」とか「まとめて」など書いたのがテレビカメラの横へひっきりなしに出てくるので話を振られてもそれが気になってしまい、慣れていないからすぐに反応して早口で用件を話すことができない。局側は好意的にわたしに結構贅沢《ぜいたく》に時間を与えてくれたが、おすぎさんのカン高い早口にテンションが合わず、つい口籠《くちご》もってしまい、ぼそぼそわずかなことを言うと、おすぎさんは「これもう絶対信じられなあーい！」などと言ってわたしの膝をパチパチ叩《たた》くのであった。四十分はたちまち過ぎ、終わるとホッとした。おすぎさんはあれでわたしに沢山の情報を語らせようと気を使ってくれていたのだなということがよくわかった。

そのままタクシーで空港に行き、効率よく待ち時間なしに飛行機に乗れた。

帰宅したその日が妻と娘と三人で家で食事する日だった。羽田からタクシーに乗ったところで家に電話するとすぐに娘が出た。

「いまから四十分前後で自宅到着。ビールおよび赤ワインをのもう」

「用意はできてます」

娘はあきらかに何かの口真似でそう言った。わたしは急速に思い出していた。娘や息子たちがまだ小学生だったときにチェコからきた小さな人形劇団の公演に行ったのだ。そのとき司会者のロシア人が出演する人形たちに必ず言うのが「用意は？」というひとことで独特のヘンテコ日本語がたのしかった。

「用意は？」

というと大勢の出演人形たち（声優）が口を揃《そろ》えて「できてます！」と言うのだ。それも全員ヘンテコ日本語なのでそれだけでおかしく観客は大笑いだった。以来わたしの家の会話にはよくこの「用意は？」というのが出てきて、そのたびにできていなくてもできていても言われたほうは「できてます！」というようになっていった。

もうすっかり忘れていた家族間しか通用しないそのフレーズが出てきたので娘の日本における感覚は急速に子供の頃の追憶が絡んできているらしいなということがわかった。ふいに阿部昭《あべあきら》の『過ぎし楽しき年』という本のタイトルを思いだした。

家族が揃って食事するありふれた風景はじつはほんのうたかたのものなのだ、ということをわたしは自分のこれまでの人生の経緯で知らされていた。

生まれて育った世田谷の家から千葉の海辺の町に越したあたりでわたしの家族の記憶の風景は鮮明になるのだが、わたしが小学校六年のときに父親が死んでしまったから、家族七人と居候《いそうろう》の叔父さんとひとつの食卓を囲んでいたのはほんの五年間ぐらいしかなかったのだ。

ゼロ歳のときに戦場で父親を亡くした妻は家族の食事といっても常に母親と二人きりだった。わたしと結婚し、二人の子供ができ、わたしたちは一時期は五人の家族を再構成していた。賑やかな日々だった。けれど間もなく妻の母も亡くなり、娘も息子も二十歳前後にアメリカに渡ってしまったから、わたしたちがつくった家族が全員揃って食事していた時間というのもほんの僅《わず》かなものでしかなかったのだ。

リビングルームの食卓には沢山の料理が並べられていた。その中には娘の注文したサワラの西京漬もあるし、大きな鉢に沢山の季節の野菜を中心にした煮しめがあった。着替えて手を洗い、わたしの席に着く。娘が例の「用意はできてます」の冷たいビールを持ってきた。煮しめの鉢には里芋、昆布、椎茸、生麩《なまふ》、蓮根、人参、結び白滝などがあった。そのほかにもアメリカのレストランなどではまずないだろうという日本独特の料理がいくつも並んでいた。

「では遅ればせながら一同乾杯」

わたしがとりあえずいっぱしのようなことを言う。

何杯かのビールを飲んでからわたしは例の「用意は?」「できてます!」のチェコの人形劇の話をした。わたしの記憶は曖昧だったが娘はやはりわたしよりも鮮明にそのときの風景を覚えていた。それから必然的にチェコの話になった。わたしがまだ行ったことのない国なのだが娘は日本に来る三カ月ほど前に一人でチェコに行っていたのだ。思っていたように質素でかわいらしい国のようだった。

「でもね、駅や空港などのエスカレーターがもの凄く速いんだ。人間が歩いてきてそのままのスピードで動けるように、ということからそうなったらしいけれど、あれだけ速いと日本のエスカレーターのように立ち止まっている人の隣を猛烈な勢いで走り抜けていく人などいないからかえって安全かもしれないな、と思ったな」

しばらく東京における電車や地下鉄での移動の話になった。わたしはJR東日本のICカードが「スイカ」といいJR西日本が「イコカ」というんだよ、ということを教えてあげた。

しかもこの春からJRと私鉄と地下鉄の全てを一枚のカードでまかなえるようになるのだということも教えた。

「そんな複雑なことをいったいどんな方法でシステム化しているのかねえ」

妻が言った。もちろん答えられる人はそのテーブルには誰もいない。

ニューヨークの地下鉄はほんの少し前までトークンを使う古めかしいものだったが、今は回数券と定期券を合わせたようなカード式になっているようだ。ニューヨークの人たちはけっこう保守的というのは前から気がついていたが、街のシステムはゆったり保守的でいいような気がする、とわたしは思った。

翌日の昼過ぎの成田エクスプレスで娘はアメリカに帰っていった。わたしは銀座と新宿に用があったので駅まで彼女を送っていった。

タクシーのトランクから相変わらず小さなままのキャリーバッグをおろし、彼女に渡した。

「帰国のココロの準備は？」

わたしは言った。

「できてます」

わたしと娘は笑いあい、軽く抱き合ってから雑踏の中で別れた。

その足でわたしは銀座にあるホテルに行った。ちょっとひるむくらいに荘重に作られた二階の喫茶ルームで親友の岩切と会った。大柄な彼は二カ月前に会ったときとくらべると少し痩せたように見えた。二年前に社長に就任した彼の周辺ににわかな異変があって、わたしにはすぐには信じられないようないささか気の重い話を彼はした。話の内容は彼にとってひどいことだったが、本人はそんなに打ちのめされているようではないのがかえってわたしには心配だった。

「人生、何がおきるかわからないなあ」

込み入った話の内容にまでは踏み込んで聞けないので、わたしは曖昧にうなずいているだけしかできなかった。

彼とは三十分で別れ、いつもの新宿の居酒屋に行った。そこでPR雑誌のインタビューを受け、ビールを二本ほど飲んだところで片手に大きく包帯を巻いた西沢が現れた。なんだか冴えない顔をしている。

「どうした?」

「風呂帰りに自転車で転んだんですよ」

「いつ?」

「ゆうべです。でもたいしたことはないと思ってその夜サケのんでたら今朝がた腫れあがっていて、医者に行ったら複雑骨折で全治四カ月といわれました……」

「サイクリングどうすんだ。やっぱりお前はバカだな」

わたしは言った。

ふたつの島で

毎年春は八丈島に行く。

九時少し前に羽田空港で太田と待ち合わせた。その日の八時台の便ですでに仲間の五人の男たちが先に島に行っている。

新宿で居酒屋を経営している太田は、店の閉店が朝五時なので殆《ほとん》ど寝ていない顔だった。島までの飛行機で寝ていくつもりらしいが、ジェット機でわずか四十五分だ。五、六年前までは一便おきにプロペラ機が就航していたから、それだったら彼にはもうすこしシアワセな飛行時間になるのだったが……。

わたしがこの島に通うようになってもう二十数年になる。一番最初はまったく偶然だった。弁護士をしている古い友人がこの島の事件を扱っていて、あるときふいにわたしを誘ったのだ。その日の昼前に電話があって、その日の午後の飛行機でいかないかという性急な話だった。おそらく一緒にいく予定だった人が急に行けなくなってチケットが余ってしまった、というようなことだったのだろう。

わたしは当時小さな会社に勤めていたのだが、ぽつぽつ本などが売れだしてきていて、会社員をやめて自由業になるかどうか迷っているさなかだった。

三十四歳になったばかりだった。転機になった歳《とし》なのでよく覚えている。わたしは弁護士に誘われるまま銀座にあるわたしの勤め先からそのまま羽田空港に向かった。一泊だから勤めに来ているままの状態で構わなかった。妻にそのとおりの電話をした。弁護士は妻とも親しかった。実質的には彼がわたしと妻を引き合わせたのだから、妻はわたしと弁護士双方の性格をよく知っており、そんな唐突な話にも驚かなかった。

わたしが仕事のことでひとつの岐路にたち、いくらか悩んでいることを妻は察知していたようでもあり、親友との旅でゆっくりモノを考えるのにいいのではないかと思ったのかも知れない。

遅い午後にわたしはその朝思ってもいなかった島の空の下にいた。梅雨直前の潮まじりの風がのったり吹いていていた。

「まあこの季節、東京とは三～四度違うからな」

弁護士は飛行機を降りて空港待合室まで歩いていく途中で言った。頭の上に大きな空が広がっていた。

島は「東洋のハワイ」などというキャッチフレーズで、まだ素朴な時代の日本の新婚旅行の地としていっとき観光客で大いに賑《にぎ》わったことがあった。ハワイというには実際には寒々しい風景のほうが多いのだが、季節によっては花のかおりがむせかえるようで、東京との距離からするとそこそこ南国の気分は味わえる。

まさしくその日がわたしにとってはそんな感じだった。大きな空の下で思いがけないほどの解放感にひたっていた。まだその当時は空港の待合室は木造の質素な建物で、飛行機から降ろした荷物をリヤカーのような台車に積んでトラクターが牽《ひ》いてくるのどかな風景だった。

空港に「まさおさん」という人が待っていた。司法書士をしている初老のにこやかな人で弁護士とはだいぶ親しそうだった。弁護士がわたしを紹介したが「まさおさん」はなぜか最初からわたしをマンガ家の先生と呼んでいた。なにか不思議な瞬間的な思考回路でそう思いこんでしまったらしい。

「まあこういう島はそんなことはどうでもいいんだよ」

「まさおさん」のそんなかん違いを弁護士に言うと彼は笑いながらそう答えた。

島の簡易裁判所のようなところで弁護士の簡単な仕事があり、それを待っている間に付近をしばらくぶらぶらしてみた。

道はきちんと舗装されていたが、町並みはずいぶん田舎の風景で、走っていく車の量が少なくスピードもゆっくりだった。オンボロの軽トラックが品川ナンバーをつけているのがなんだかおかしかった。

簡易裁判所の裏が空き地になっていてそこに牛が一頭、おそろしく暇そうにしていた。裁判所と牛のとりあわせが楽しかった。そのまわりに名前のわからない赤い花がぎっしり咲いていていて、それらを写真に撮りたかったが、急な話だったのでカメラなど持ってきていない。会社で使っているマミヤプレスという大型のカメラを持ってくればよかった、と悔やんだが気がつくのが遅すぎた。

遅い午後に到着したので弁護士の仕事が終わるとすでに夕暮れ近くになっていた。

山下浄文《きよふみ》さんという、我々と同じ年齢ぐらいの人が弁護士の知人で、夜の食事はその家に招かれた。食事といっても山下さんの家の広い庭での野外宴会で、そこにはすでに焚《た》き火《び》が燃えていた。

早くも十人ほどの島人が集まっていてビールや焼酎などを吞《の》み、焚き火の上で大きな伊勢エビや魚などを焼いていた。

みんな知り合いのようで面倒な挨拶《あいさつ》などもなしにすぐに酒宴に加わることができた。

屋敷の裏では炭を使った別の火床があり、そこでは何かの肉が焼かれていた。いま顔を合わせたばかりの山下さんが「山羊をつぶしたのでそれを焼いている」と教えてくれた。かなり前から呑んでいるらしい数人がわたしには殆どわからない島の言葉で何か激しくいいあっていた。喧嘩《けんか》になるのではないかと思ったらそれが島人同士の普通の会話なのであった。

焼きたてのクサヤというものをそのとき初めて食べた。たしかに独特の匂いがして臭いものだが味が深くて芳醇《ほうじゅん》である。芋から作った焼酎がそれによく合う。「まさおさん」があいかわらずそういってみんなに紹介するので、わたしはすっかりマンガ家の先生になっていた。いろいろな人がやってきて、気がつくと二十人ぐらいの人がその家の庭で呑んでいた。ソーピンさんと呼ばれるひときわ賑やかな人が両手を振り回し、焚き火のまわりでひょうきんに踊っていた。

弁護士がやや酔った顔で「ここに来るといつもこうなるんだ」と言った。知らぬ間に運ばれてきていた大太鼓に二人の男がとりついていた。太鼓の両側に立ってバチをふるい、なかなか情感のあるひねりのきいた声で民謡のようなものを歌い、それにあわせて双方違うリズムで太鼓を打った。

やあ、沖でみたときゃ

鬼島とみたが

きてみりゃ、八丈は情け島

太鼓が入ると酒飲みのボルテージはさらにあがり、いろんな人がそれぞれの調子で太鼓を叩き、あちこちの喧嘩のような会話はいよいよ本当の喧嘩のようになっていった。

はたちぐらいの目もとの涼しい男がわたしのそばにやってきて「島は初めてですか?」と低い声できいた。漁師のような半纏《はんてん》を着ていたので漁師ですか、と聞くと「見習いのようなものですが」と少し照れたような顔で言った。それが和秀との出会いだった。

ジェット機で行く今の八丈島は着いた飛行機からフィンガーを通ってそのままロビーに行けてしまう。山下和秀が目立たないように出入り口の横によりかかって気持ちのいい笑顔で待っていた。和秀のその笑い顔は人の気持ちを優しくさせる。彼はわたしがこの島に初めて来たときやっかいになった山下浄文さんの従兄弟《いとこ》だった。あれ以来永く親しい付き合いになっていた浄文さんは五年前に急逝《きゅうせい》した。「まさおさん」も亡くなり、いまは友人の弁護士もこの島の事件をあまりやらなくなっていたから、弁護士よりもわたしのほうが島にくる回数が多くなっていた。

「先にきたみんなはもう浜に出ているからね。すぐに追いかけて行くでしょう?」

和秀は言った。わたしは海の様子を聞いた。暖冬異変の影響をうけて島の近くに暖かい海水の塊が停滞していて、いつもこの時期とれる回遊魚がさっぱり来ていない、という話だった。それでも今回の魚釣りはわたしの連載仕事のひとつだったから釣れないなら釣れないなりに何かやらなければならなかった。

和秀が空港まで持ってきてくれた乗用車に乗ってわたしと太田はめあての釣り場にむかった。和秀はまた夜に会おう、と言って自分の船が係留してある八重根《やえね》漁港に行った。

わたしは空港の白く光るような陽光の中にフリージアの花の匂いがあるのを感じた。今の季節、空港の近くの植物園にはこの花が満開の筈《はず》だった。

初めてこの島にきた二十数年前、簡易裁判所の裏庭で見た夥《おびただ》しい数の赤い花は、この島ではいつの季節も咲いているハイビスカスだった。何度かたびかさねて島にくるうちにわたしは沢山のハイビスカスの写真を撮っていた。

わたしが運転し、太田は飛行機の中でかけていたアイマスクをまたひっぱりだし助手席のリクライニングシートを後ろに倒した。

「寝不足なのはわかるけれど、こんな気持ちのいい太陽の光の下にきてよくまだ寝られるなあ」

わたしは太田に呆《あき》れたように言った。彼にとっては大きなお世話だろうが、わたしの気分は高揚していてそういわずにいられなかった。

太田もまたこの島には何度か来ていた。

十年ほど前には山下浄文さんの提案でわたしたちは四人共同で一艘《そう》の漁船を買ったことがあるのだ。新船の共同購入のメンバーの一人に弁護士がいた。船の名は「第一東ケト丸」。けったいな名前だがそれなりに意味があった。一トン足らずの小さな船だったが、それでもけっこう頻繁に近海の漁場に行き、フーカー潜水などでいろいろな獲物をとった。

いくつもの変わった体験をした。浄文さんは当時共産党の町会議員で、大学出のインテリ漁師という変わった立場にいた。その浄文さんがある日「見釣り」をやろうと言ってきた。海面に漂いながら十メートルほど下の海底に餌を流し、主に海底にいる魚を狙《ねら》うのだ。その魚の名を聞いてわたしは笑った。

「アカハタ」というのである。共産党議員がアカハタを釣っている、ということにふいに気がつき、わたしは水中でおかしくてならなかった。

あるときはフジツボを捕りに行った。「第一東ケト丸」で岩礁地帯に入っていって、ハンマーで岩に固くこびりついたフジツボをたたき落とす。これを十キロほど持って帰って茹《ゆ》でて食べると思いがけず上品な味がして、この島の奥の深さをまた知るところとなった。「フジツボを食べると頭がよくなると言うよ。もう遅いけどね」浄文さんはフジツボを捕りに行くたびに同じことを言って笑った。

フーカー潜水は「東ケト丸」の甲板に小型のコンプレッサーを置いて、そこから四本の長いホースを海に流す。ホースの先についているレギュレーターから高圧の空気を吸って、伊勢エビのいる洞窟に入っていったりした。フーカー潜水は常にホースで船と体が結ばれているので、海底のいきおいのある海流に流されてしまう危険が少なく、安心して獲物の採集ができるのが嬉《うれ》しかった。

この「東ケト丸」は普段は藍ケ江《あいがえ》のかなり急な斜面の船揚げ場に陸揚げされてあって、ふいに襲ってくる高波の攻撃に対応していた。

藍ケ江漁港は天気のいい日、その名のとおり本当に海が藍色に見えた。海が青く見えるのは空の色を反射しているからだ、と聞いたことがあるが、藍ケ江を見るたびにそれだけではない筈だと何時《いつ》も思った。

あるとき巨大な台風が島を襲った。「東ケト丸」は他の船などと共に港の船揚げ場の一番上に引き揚げられた。波打ち際から百メートル陸側に、高さにして三十メートルほどの高いところであった。けれど自然の力は凄《すさ》まじいもので我々の船は夜更けに高波に持っていかれてしまったのだ。

その夜、和秀は船がなくなる二十分ほど前に様子を見にきていて、まだきちんと船がその船揚げ場のてっぺんに陸揚げされているのを見ている。そこにはもっと大きな和秀の「かおり丸」も置いてあった。三十分ほどしてもう一度和秀がやってきたときにはもうすべての船はなかったという。港全体がそのますっぽりかぶさるようなとてつもないオバケ波がきて、和秀の五トンの船をはじめそこに引き揚げてあった数隻の船をそっくり海にさらっていってしまったのだ。

その日は夕方頃、高台から見ているだけで足がガクガクするようなとてつもなく巨大な波が押し寄せてきていたそうである。沖で漁船を操舵《そうだ》しているときにこれまで何度も小山のようなでかい波に翻弄《ほんろう》されてきた和秀がそのようなことを言うのだから、その大波の恐ろしさはわたしの想像をはるかに超えるレベルだった。

ひさしぶりに藍ケ江の漁港に着いてようやく太田は目を覚ました。彼もそこが我々のかつての持ち船の母港であったことを覚えていて、しきりに懐かしがっていた。

その日も釣りをするには波が大きく、巨大な堤防に波がかぶさっていて釣り人は誰もいなかった。

約束していた我々の仲間の姿はなく、まもなくわたしの携帯電話にかれらから連絡が入ってきた。もっと波の穏やかな洞輪沢《ほらわざわ》堤防内の船溜《ふなだ》まりにいる、ということだった。

そこは灯台下とも言われていて、この島の眺望の美しさで一、二を争うような場所だった。太田はもう眠るのはやめて、しばらく島での思い出話などをしていた。

「これから行くところは、むかしおれたちがよく泊まっていた温泉宿があったところの近くだよ」

　わたしの説明で太田も思いだしたようであった。そこは「よっちゃん」と呼ばれるおっとりした主人がやっている民宿と旅館の中間ぐらいの規模の宿があった。何より素晴らしかったのは源泉になっている温泉があって、露天風呂から太平洋が一望できることだった。だからこの島にくるとわたしは迷わずそこに泊まっていた。日本の旅の宿では一番眺望のいいところではないかとさえ思っていた。

　けれどその宿も山下浄文さんが亡くなったのとほぼ同じ頃に宿の経営を止《や》めてしまった。経営者はもともと資産家でその宿を経営しなくても十分のんびりやっていける、という事情があったからだとあとで聞いた。

　この島の馴染みのものがどんどん消えていってしまう中で、今は和秀とのつながりが唯一になってしまった。

　洞輪沢の船溜まりにいく前に、その宿の跡地に寄ってみた。建物は殆ど壊されていたが露天風呂の石の輪郭やまわりに生えていた大きなガジュマルやケンチャ椰子《やし》などはむかしのままだった。

わたしはここに息子を連れて何度かやってきたことがあった。小学生だった息子は釣りが好きでここでカンパチかシマアジを釣るのだと張り切っていたが、それらの釣りは岸壁の先端に立って生き餌をつかってやる本格的なもので、子供では無理だ、とわたしは何度も言ったのだが、どうしてもやると言って涙まで流して訴えるので、無謀とわかっているそんな大物釣りに付き合わねばならなかった。

とはいえわたしにはそんな大物釣りの知識は殆どなく、単に息子が巨大な波に持っていかれないように一緒に岸壁のそばにくっついていくという面白くもない立場だった。けれど実際に年に何人か堤防で高波に攫《さら》われて行方不明になる釣り客が出ていたのだ。息子は長大な竿《さお》に四苦八苦していたが、形だけはなんとかその大物を釣るしかけを海に投げていた。

五時間ほど奮闘したが結局何も釣れず、宿の用意した刺し身を中心にした夕飯を食った。息子は悔しがり、明朝五時にまた行く、と言いはった。そうなるとまたわたしも同じように早く起きて一緒にいかなければならない。とはいえ息子は普段学校に行く時間ぎりぎりまで寝ているようなやつだったから、明日の朝は結局遅くまで寝坊しているだろうと思っていたのだが、彼は普段と体の神経が別に働いているようで、翌朝五時前にパキリと目を覚まし、さっさと支度しているので驚き、かつあきれてしまった。早朝、大波の押し寄せる寒い中で朝飯までの三時間をアタリひとつない息子の大仰な釣りに付き合わされることになった。

まあ少年の大きな夢の実現のためだ、とわたしは自分に言い聞かせた。そのときわたしはカメラを持って岸壁に立っていたのだが、黎明《れいめい》のうねりを伴った海にときおり朝陽が鋭く差し込んできて海面がぎらんと恐ろしげに光る光景に魅せられ、何枚か手応えのある写真を撮ることができた。そしてそれらの写真はやがてある写真雑誌がかなりページをさいて載せてくれた。

その息子も今はサンフランシスコに住み、今度は自分の息子と毎週のように西海岸の海にでかけているようだった。彼の息子――わたしの孫は、まだ幼児なので二人で釣りをやるというわけではなく、息子は単に定期的に自分の子供を海の気配に触れさせたい、と思っているようだった。

洞輪沢の思いがけないほど静かな船溜まりに先発隊の五人がいた。風がけっこう冷たく、みんな厚着に丸まって、おさまりのつかない顔をしていた。暖冬の影響は深刻で、この時期かならずこのあたりで釣れるムロアジもさっぱりで、わずかに十五センチぐらいのカタクチイワシがぽつぽつかかってくるだけだという。

イワシじゃつまらないと言う別の数人がテトラポッドの下にいるというウツボを狙ったが、二時間やってうんでもすんでもないと言って悔しがっていた。ウツボを釣るには漁協から貰《もら》ってきた魚のアラを巨大な針に差し、さらにテトラポッドのそのあたりに魚のアラを細かく擦りつけて魚のアラの絞り汁を作って海水に流し込む、という荒っぽいわりには結構手のかかる釣りの方法が必要なのだった。

間もなく弁当を買いに行っていた若いのが戻ってきたので全員岸壁でビールを呑みながら弁当を広げた。今回の釣りの記事は惨憺《さんたん》たることになるだろうな、という予感がますます大きくなる。釣りの連載話は、当然ながら何も釣れないと書くのがたいへん難しくなるのだ。

夕暮れまでやって釣果《ちょうか》は結局カタクチイワシが二十匹ほどであった。これは前回その同じ釣り雑誌の連載シリーズで、茨城県の沖合で釣ったヒラメの生き餌と同じ魚なのであった。

「八丈島までやってきてヒラメの生き餌を釣ってどうするんだ」

誰かがやるせない声で言った。

「あとは呑むだけだな」

ぼうずに近いときは必然的なコースだった。夕食は一勝《いちかつ》さんという知り合いの老人の小屋で山羊肉の宴になった。はからずもこの島に最初にきたときの島料理と同じものになった。

「山羊は体を冷やすというから脂をいっぱい食わんといかん」

一勝おじはみんなにそう言った。和秀の結婚の仲人、ということしか知らないが、わたしはいつもこの不思議な一勝おじという人にいろいろ世話になっている。しばらくするとその和秀がやってきた。毛糸の帽子に首にタオル。黒いゴムの合羽《カッパ》を羽織っていた。彼はいま本職のトビ漁で夜に沖に出ていく。トビ漁はうまくいっているようだった。

慌ただしいことにその翌週、わたしは那覇に飛んだ。しょっちゅう寝不足の太田にプレゼントしたいくらい長時間飛行機に乗っていなければならない。

原稿をワープロで書くようになってしまってからは、よほど締め切りが迫っているものでないかぎりは昔のように旅先で原稿用紙にペンで書く、ということはしなくなっていたのでこの数年、新幹線や飛行機の中で原稿仕事をするということはまずない。そのために読書に没頭できないようなときの長いフライトをもてあますようになってしまった。

かといってわたしは乗り物の中での居眠りも浅く断続的なので、不満足感だけが残る。

時代がずんずんかわっていく中でわたしのモノカキ人生のやりくりもいろいろ翻弄されているのだった。

三十四歳のときに弁護士と初めて行った八丈島への小さな旅はわたしの人生に少なからぬ刺激と決断を与えてくれたようで、わたしはその年の夏前に会社をやめることに決め、年末に退社した。

当時わたしにはすでに二人の子供がいて、これからいろいろ物入りの生活になっていく時であったから、小さな会社といってもある程度安定しているサラリーマン生活から脱出していくにはそれなりの決心がいった。

わたしの決断を支えてくれたのは妻の一言だった。

「好きなようにしたらいい。仕事に行き詰まって路頭に迷うようなことになっても日本では飢え死はしないものね」

妻は笑いながらそんなことを言ったのだ。八丈島の山下浄文さんの庭での山羊肉宴会のときも、だいぶ酔った浄文さんが「これからもときどきおじゃりやれ（いらっしゃい）。この島はいいですよう。魚とって山にはいってロベを刈っていたらもう絶対に飢え死もできないよう」と言っていたのが記憶に強く残っていた。

そのときは知らなかったが浄文さんの言っていたロベとは「フェニックス・ロベレニ

ー」のことで、生花の飾りつけに欠かせない植物だった。島にはちょっと山に入っていくと自然に群生しているこのロベがいくらでもあって、山仕事する意欲さえあれば本当に誰でもそこそこ食っていける収入になる、という話を翌日弁護士から聞いたのだった。

八丈島のその晩の庭先の宴は夜更けに酔ってそこらで寝てしまう人が何人もいたけれど、暖かいので庭の植え込みに倒れこんで朝まで寝ていても風邪をひくようなこともないというのだった。げんにその夜のわたしも浄文さんの家の縁側に毛布を借りて横になり、そこそこ充実した眠りとなった。結局宿などに泊まる必要も無かったのだった。

弁護士と一緒に翌日の昼の飛行機で東京に戻ったが、思えばわたしはその帰りの飛行機の中で、今年いっぱいでサラリーマンの仕事をやめて一人でやっていこう、ということを、決断していたのだった。

あの大きな空の下の巨大な藍色の海や、激しい波を見ないでいたら、わたしの人生はまた少し別の方向に行っていたのかもしれないのだった。

降り立った那覇の空港には写真家の垂見さんが殆ど無国籍人のいでたちで待っていた。ほんの数週間前に博多の居酒屋で一緒に飲んでいたのだが、そのときから彼だけひとつの季節がぐるんと早めに来てしまったようにすっかり夏の恰好《かっこう》になっている。アロハシャツの下には垂見さん独特のオキナワンカラーの装身具があって、それが日焼けした顔によく似合っていた。

「はいさいはいさい（こんにちは）ニーヘーデービル（ありがとう）」

笑いながら島言葉で挨拶する。そのまま彼のクルマで市内にむかった。その日は垂見さんらが中心になって進めている写真にからむイベントがあり、わたしは著名な写真家、東松照明《とうまつしょうめい》さんと公開対談をするという仕事があった。

場所は国際通りの少し外れにある映画館「桜坂劇場」だった。東松さんの呼びかけに応じて垂見さんら沖縄在住の写真家やその周辺にいる有志が集まって、散逸しつつある沖縄の古い写真を組織的に回収し、それを保存していく組織なり機関なりを作ろう、という動きが出てきて、それを市民やマスコミに訴えるためのイベントだった。「琉球フォトセッション」と名付けられたそのイベントでは県内の多くの写真関係者や一般の人に興味をもってもらうために、プロやアマによる写真のスライドショーが行われる。

スライドショーは一人、もしくは一組五分間、出展者の選んできた写真を映画館の大きなスクリーンに映し、それだけでは平板なので各自工夫していろんな音楽をテープで流したり、あるいは写真になじむ楽器の演奏などをナマでつける、というなかなか楽しい仕掛けになっていた。

わたしと東松さんの公開対談はそのスライドショーのあとに行われるので、わたしはそれまで客席で眺めていることにした。

一番最初は市内の女子高校生がグループで撮影した『九〇秒』というタイトルのもので、これはみんなで水中カメラを持ってプールに潜り、息をつめながらいろいろなパフォーマンスを組写真で構成したものだった。九〇秒というのは息をとめてプールに潜っていられるみんなの平均の時間という意味なのだった。

のっけからとても面白くてセンスのある写真が出てきたので楽しかった。個人のセミプロ級の人は沖縄らしく三線《さんしん》（蛇皮線《じゃびせん》）の演奏と歌をつけたり、女性がひとりやるせなくヴァイオリンの演奏を写真のBGMとして弾いたりしてみんなおおらかに個性豊かに工夫をこらしていて楽しい。

そのあとはわたしと東松氏、それに垂見さんの三人がステージにあがった。垂見さんが対談の司会役だ。東松氏は長崎に住んでいるが、かつて長いあいだ那覇で暮らしていたことがある。原爆にからんだ写真を数多く発表して世界的に名を知られた写真家であった。そして今回の「沖縄や奄美《あまみ》の貴重な写真を収集、公開するフォトミュージアム構想」の提案者でもあった。

話は思ったほどには堅苦しくなくごく自然の流れで展開した。最初、わたしと東松氏が司会者に向かって座るように椅子が配置されていたので、対談といいながらどうしても垂見さんの質問にそれぞれが答えるような形になってしまっているのを東松氏が指摘し、わたしと向かいあうようにしたほうがいい、と提案してから対談らしくなり、話が奔放になった。

数カ月前、東京の有楽町マリオンで脳科学者の茂木健一郎氏とやはり公開対談をしたことがある。そのとき、タレントのような女性司会者に向かって話をするような椅子の配置になっていて、しかも司会者があらかじめ指定されたマニュアル通りに話を進めようとするので、あまりかみ合った対談にはならず、わたしは次第にいらついていったのを思いだした。進行プロデューサーという若い男がテレビの芸能番組のような感覚で全体を仕切っているようで、最初から違和感があった。おかげでその対談は気分的に不消化なものになり、しばらく後味が悪かったのを思いだした。けれどその日は東松氏の素朴な一言で簡単に状態はよくなった。わたしもあの日率直に今のように提案すればよかったのだなあ、と話をしながら考えていた。

全部が終了すると「うりずん」という居酒屋に移動した。那覇にくるとわたしは決められたようにこの店にやってくる。この店で沖縄の魚や料理を前に古い泡盛《あわもり》を飲んでいると、たいてい二階の座敷のどこからか三線の爪弾きが聞こえてきて酔いにここちよさ

くる季節のことをいうらしい。

「うりずん」というのは夏がやってくる少し前の、ようやく空気がふわっと暑くなってくる季節のことをいうらしい。

「若い夏のようなものさあ」

いつか垂見さんが教えてくれたその言葉がわたしは好きだった。

高校生の翔太郎君がやってきた。翔太郎君には父がいない。小学生の頃に島の海岸で知り合い、以来だいぶ歳の離れた友達になっている。一年前の夏休みにはひとりで上京し、わたしの家にしばらくホームステイしていた。来年受験生となる彼は半年でまたさらに大きくなったようであった。

さきほどのイベントの関係者がいっぱいやってきて、座はどんどん賑やかになっていった。翔太郎君は国立大の理工科を目指している。関東の大学を狙えよ、そうしたらあっちこっち連れていってやるから、とわたしは言った。「うん、そのつもりです」と青年になりかかりの少年は言った。

翌日はもう東京に帰るのだが、垂見さんに頼んで昼めしどきに「前田食堂」まで行ってもらった。那覇からだと高速道路に乗って一時間ほどかかる。海岸通りの道端にひっそり孤立して建っている古い建物の店だったが、ここの沖縄そばには山盛りのもやし炒《いた》めが載っていて、これがたいへんうまい。わたしは以前二度ほどきてすっかり魅了されてしまった。方向としては垂見さんの家の近くなので頼みやすかった。

正確には「牛肉そば」というものだった。もやし炒めだけではなくそこに牛肉が入っているのだった。が記憶はもやしだけであり、それがいいなと思っていたのだ。どんぶりの上に載せられるだけもやしを載せてみましたとマンガのような大盛り状態で出てくるのが楽しい。ビール一本に牛肉そば。満足して外に出ると、店のまわりにハイビスカスの花がいっぱいあった。記憶の中の八丈島の花だったけれど、こっちの南島のほうが本場なのであった。

那覇に戻る途中で垂見さんの家に寄った。恩納村にある海岸の前に建てられた堅牢な三階建ての家だ。しかし彼はいまそこには住まず、那覇市内の借り家住まいだ。二年前に奥さんを亡くし、一人でそこに住むのが辛いのだろうな、とわたしは推測していた。家の前の海でモズクが採れるのでお土産に、といって垂見さんは海に入っていったのだが、波がやや高く水中の視界が悪くてモズク作戦は断念ということになった。

ここは恩納と書いて「おんな」と読む。沖縄の人は「村」を省いて「おんなに住んでいます」というような言い方をするので面白い話がいろいろあるという。垂見さんが言った。

「むかし、女房が元気だった頃、那覇の人に『垂見さんの奥さんはおんなですか？』と聞かれたことがあったよお。恩納村の出ですかと聞いているのだとわかっているから『はいそうです』って答えたけれど、内地の人がそばで聞いていたら不思議な会話と思ったろうねえ」

飛行機の時間が近づいていたので四方山《よもやま》話《ばなし》をしながら空港にむかった。

花のまつり

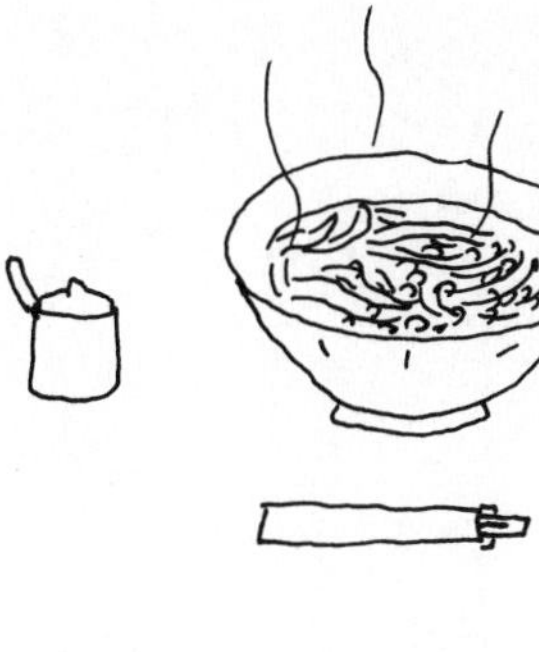

わたしの家は新宿区と渋谷区と中野区のはしっこが複雑に隣接しているような場所にあり、よく友人らに「ミャンマーの国境三角地帯みたいなところなんだ」と説明する。いくつかの国が国境を隣合わせている場合、いろいろと紛争がたえない。とくに多民族国家で軍事政権のミャンマーの三角地帯は、周辺国ともからんでゲリラや麻薬をめぐる「ゴールデン・トライアングル」と呼ばれ、常に険悪に緊張しているという。

平和日本では「区」が隣接するとゴミの収集日が違うので、それを巡ってときどき〝紛争〟がおきる。

燃えるゴミと燃えないゴミ、そして資源ゴミなどの収集日やその置き方のルールなどが区によって違うので、「区」の境界が道ひとつで隔たっているところなどは、地域に根づいていないアパートに住む学生や若い勤め人などが、双方で適当に道を越えて〝越境ゴミ捨て〟をしているのを、家の窓からじっと監視していたりする暇なおばあさんなどもいて、これはこれで複雑な〝区境紛争〟がおきているらしい。

このあたりのもうひとつの特徴は、道がえらく込み入って狭いことである。わたしなどは越してきて間もない頃、ちょっと近くに散歩にでると帰りの道がわからなくなることがあった。商店と住宅が混在していてそれらの造作もみんな同じようなもので、しかも似たような坂道がいたるところにあるから自分が住んでいる町なのにぼんやりしているとどこにいるかわからなくなる。

新宿の西にひろがっている地域だから、このあたりはむかしは一面の田んぼと雑木林で、いまある道は当時のあぜ道らしい。だからなのだろう、込み入った道はどれも幅が狭く「この先幅員減少」などと書いてある小道をいくと本当に道は鉛筆を削るようにしてどんどん細くなっていき、最後はとうとう犬か猫ぐらいしか通れないような幅になっていて「なんだこれは？」と首を傾《かし》げるような時がある。

この春の統一地方選挙のときは大変だった。旅の多いわたしだが、運悪くその週は枚数の多い原稿仕事があってずっと自宅で仕事をしていた。朝から大音量の区議会議員の選挙宣伝カーがやってきて叫びまくる。相変わらずあまり効果があるとは思えない候補者の名前の連呼だ。その叫ぶような声は男も女も中年が多く、音量の大きいぶんヒトの神経にじかに突き刺さってくる。狭い区に四十人ほども立候補しているから宣伝カーも半端な数ではなく次々にやってくる。みんな言っていることは同じようなものだ。

「朝からお騒がせして申し訳ありません」と、絶叫する。

すまないとわかっていたら絶叫するな。

と、わたしは進まない原稿を前に単純にイカル。それぞれの宣伝カーはわからないだろうがみんな同じようなことを言ってくるから本気で「申し訳ない」と思っているわけではないのがわかりすぎる。

「大きなマイクで申し訳ありません」

と、ひときわ大きな音量で叫びながらやってくる胴間声《どうまごえ》の親父がいる。その大音量にわたしは呆然《ぼうぜん》とする。わたしの頭の中に、スイカぐらいに大きなマイクにむかって叫ぶ親父の姿が思いうかぶ。「大きなマイク」？　それを言うなら大きなスピーカーじゃないのか。いやそうじゃなかった。やっぱり大きな音量というべきだ。きっとこいつはカラオケで演歌などを続けざまに歌っているやつなんだろう。グループにいるおばさんの肩など抱いて『銀座の恋の物語』かなにかを歌いまくる声だ。

「心をこめて」

「誠心誠意」

などというのもみんなの常套句《じょうとうく》だ。口だけではなんでも言えるから言葉だけの「心をこめて」ほど空疎なものはない。コンビニエンスストアのアルバイトの店員がどの客にも両手を前にあわせ「いらっしゃいませこんばんはあ」と同じイントネーションでくりかえし言うのがまったくこっちの心に響かない空疎感と似ている。

「あと一歩あと一歩」

おばさんの絶叫がわたしの家の前を通過していく。「いま候補者がみずから歩いてみなさまにご挨拶《あいさつ》に回っています」という叫び声が聞こえる。思わず三階の部屋の窓をあけて下の道を見てしまった。「あと一歩あと一歩」と言っているのは車で行く別の選挙カーだった。候補者がみずから歩いている陣営が「あと一歩あと一歩」と言っているのだったら面白いと思ったのだ。歩いているグループは連呼隊だった。蛍光イエローの揃《そろ》いのブルゾンのようなものを着て、はたしてそれもどれほど効果があるかわからない候補者の名前を大書きした幟旗《のぼりばた》をいっぱいかかえている。あの日本独特の旗を「桃太郎旗」というのだといつか聞いたことがある。

その「桃太郎旗」の一群の中に候補者がいるらしい。でも候補者がみずから歩いているからなんだというのだ……。しおからが歩いているのなら見てみたいが。

殆《ほとん》ど仕事にならないわたしはそういうろくでもないことを呟《つぶや》きながら蛍光イエローの昆虫のかたまりのような一団をまたもや呆然と眺めてしまう。その中の一人のおばさんと目があってしまった。歩きながらいきなり見上げないでほしい。あいにくマイクを持った人だったのですぐに「温かいご声援有り難うございます」などと叫ばれ、手まで振られてしまった。何でみんな白い手袋なんだ。ご声援などしてないぞ。わたしは狙撃手《そげきしゅ》から逃れるように首をすくめ、部屋の窓をしめた。仕事をあきらめ屋上に上がる。

そこには別の騒音がひろがっていた。すぐ先の渋谷区の候補者たちの同じような叫び声が南からの風に乗ってわんわん聞こえてくるのだ。ここらとは違う選挙区の候補者なのだから聞こえてきてもなんの意味もないのだけれど。

からみあった叫び声は、東京の西のごちゃごちゃした街並みのいたるところから騒然と沸き上がってくるようでもある。

頭の上によく晴れた空がある。こんちくしょうめの青い空だ。


屋上にある折り畳み式のデッキチェアをひろげて本を読むことにした。いま書いている原稿仕事に関係する本だ。鈴木理生《まさお》著の『江戸の町は骨だらけ』。

その中の一部を資料にしようと手にしたのだったが面白い本で結局全部読みすすんでとまらなくなっていた。

東京のむかし。江戸と呼ばれた時代、そのあたりはいたるところ寺があった。八百八町とまで言われたくらいだからひとつの町にひとつの寺があっても大変な数だ。江戸が都市化していく過程でその寺の多くがよその土地に移っていった。いちばん甚だしいのは江戸城を作るときに、そのまわりに徳川の旗本一族郎党の屋敷を作るために強引に撤去させられた寺だった。

その多くは墓石やその下の遺骨もそのまま置いて余所《よそ》に移っていった。遺骨が幾層にも残る上に沢山の建物が建てられていったらしい。それが現在では皇居周辺のビルに変わっている。東京の都心の学校やビルに幽霊が出てくる話はけっこう多いが、それも当然かも知れない、と著者は書いている。ふざけているようだが、その過程を読むと納得するほうが自然のかんじがする。

利用のできない痩せた湿地帯や谷は罪人や身寄りのない遺体の投げ捨て場で、そこには鳥や野犬なども群がり、実態としては鳥葬のような状態になっていたらしい。

落語の「野ざらし」が頭をよぎる。大川に釣りに行った浪人が川岸で頭蓋骨を釣り針にひっかけ、手にしていた酒をたむけて供養すると、その夜に若い女が浪人を訪ねる。野ざらしの主が若い娘で、たむけの酒でやっと成仏し、幽霊として礼にくる、というのが噺《はなし》の発端だ。

むかし田んぼだらけだったらしいわたしの住んでいるこのあたりは、古い墓地の上に家が建てられている確率は都心よりずっと低いだろうから、いまのところわたしの家にはヘンなものは徘徊《はいかい》していないようだ。

何冊もの本を読んで知ったのは、人が死んでも墓を作らない国が世界にはあんがい多いということだった。だから世界で一番地価が高いと言われている東京の都心にいまだに沢山ある寺と墓地は、世界の都市の風景のなかではかなり異様なのだということに最近気がつき、そのことについての原稿を書いていたのだった。

いろいろな国へ行ってきたのでそこで出会った墓地や葬儀のことを思い出すと、墓はたいてい都市から離れた山の中や原野のようなところにあった。未開の地になると墓そのものがなかった。ラオスの山奥では人は死ぬと山の中に櫓《やぐら》を立ててその上に遺体を乗せ、やはり鳥や自然の腐敗にまかせていた。そういう現場にでくわしたことがある。暑い国だから腐敗は早いらしい。チベットはいまでも鳥葬で、カイラスを巡礼するときに鳥葬場の真ん中を行ったことがある。モンゴルは風葬である。耳触りのいい言葉だが、要するに野ざらしだ。モンゴルの草原を馬で旅をしているときそういう名残りの人骨の散乱を見たことがある。

アメリカはどうなっていたのかな、ということをその本を置いて少し考える。脳神経が仕方なしに受容したのか選挙の喧騒《けんそう》はいくらか遠のいたような気がした。息子の住んでいるサンフランシスコに行くことが多いが、よく考えるとこれまでアメリカの墓を見たことがなかった。

再び自分の部屋に戻ってその原稿の続きを書き出した。ゾロアスター教徒の葬儀について書いてある本の要点を抜き書きしていく。それからガンジス川の水葬についての文献を探す。そこではわたしは実際にいくつも白布にくるまれた遺体を見たことがある。そのうちのいくつかは腐敗ガスで膨張し白布を破って体が外に露出していたりする。遠い昔の記憶をたぐりよせ、その時の疲労にまみれた暑い空気を思い出す。

ガート（沐浴場）の壁に巨大な女神カーリーが描かれていた。赤い目をして口から長い舌を出している。両方の耳に死体のイヤリングをつけ、骸骨の首飾り。沢山ある手のひとつに血まみれの刀、ひとつに男の生首を持っている。狂女の泣き叫ぶような宗教歌がガートいっぱいに広がり、むせるような香の煙が濃厚に流れていた。

わたしの背後をまたもや候補者の名前を絶叫連呼している車が通りすぎる。わたしは原稿の続きを書きはじめる。明日もその次の日も同じような状態が続きそうだった。この原稿が半分まですすんだら新宿の酒場に飲みにいく計画を頭の隅に思い描く。

ふいに電話だ。

表示されている番号はサンフランシスコからだった。

「じいじい」

孫の風太くんのいつもののんびりした声だ。

「はいはい」

わたしはじいじいの声になって明るく答える。

「だからね、おばけはこわくないんだよお」

「そうだよねえ」

「おばけは公園にはいないんだよお」

「そうだよねえ」

「だから……」

そこまで言って風太くんは黙った。ハアハアいう息づかいが聞こえる。そのあとの言葉を探しているようだった。ここは黙って彼の話の続きを待つのがいい。へたに話を促すようなことを言うと彼はすぐに混乱して話がめちゃくちゃになる。

「だからね」

「はいはい」

風太くんが近頃怖いのは、彼のいうベイブリブリッジ（ベイブリッジ）の近くにある公園のやたらに葉の繁った南国風の樹木だった。それが風にわらわら揺れるのが彼には彼の理由でいろいろ怖いらしい。その公園に行くといつも一番その樹から遠いところを歩こうとする。

しばらく話の続きを待っていたが、やがて息子の声に替わった。

「続きがわかんなくなってどっかにいっちゃった」

替わって出た息子の声が笑っている。わたしはまだゼロ歳の下の子「海ちゃん」の様子をしばらく聞いた。ハイハイがだいぶ巧くなったこと、つい最近下の歯が白く見えてきたことなどの話を聞いた。サンフランシスコは毎日三十度ぐらいの熱風に包まれているという。風太くんはもうさっさとブロックの遊びに戻ったらしい。

数日後、札幌に行った。五月になっても北海道はまだ遠くの山々に雪が残っているという。朝夕はコートがいりますから、と先方からの電話をもらっていた。

年のはじめからはじまったわたしの『ONCE UPON A TIME』というタイトルの写真展は、最後の札幌で結局日本を縦断するかたちになった。各地にいる親しい人に依頼して会場の交渉や運営などをやってもらったので、区議会選挙の宣伝カーの常套句ではないけれどその友人らにわたしは「心から」感謝していた。それは本気の「心から」であった。

札幌でわたしのそれをバックアップしてくれたのは柏艪舎《はくろしゃ》という地元の新進の出版社で、会場を提供してくれたのは新装開店した紀伊國屋書店だった。

飛行機は津軽海峡をわたる時にかなり激しく揺れた。わたしは窓側の席だったので巨大な積乱雲のすぐそばを迂回《うかい》していくさまを半覚醒状態でずっと見ていた。雲はゆっくり動いていて全体がなにかの宇宙のようにも見えた。

飛行機が上昇するときわたしはいつも眠くなる。普段から不眠症気味なので、そういう眠りがここちよかった。そうして確実に一時間は寝入ってしまっていたのだ。激しい揺れで目が覚め、視界のむこうに別の小さな白い宇宙のようなものを見る、というのは随分贅沢《ぜいたく》な目覚めかたなのかもしれない、と思った。

それから千歳空港に着陸するまで小説についての考え事をしていた。次の週に書かなければならない『文學界』の連載小説だった。それはチベットを舞台にしたわたし流のかなりヘンテコなSFだった。もう連載五回まで来ているというのにたいしたプロットもたてずに書き出してしまったので、書きながら次の展開を考えていくというきわどい仕事だった。今し方通りすぎてきた積乱雲はわたしの小説のイメージにあまり明快な刺激を与えてはくれなかった。

空港から電車に乗り換えて札幌に向かう。電車の中の人々の服装はなるほど東京とはひどく季節が違っていた。でもこの同じ時間、サンフランシスコは夏のような風が吹いているのだ。わたしは風太くんが日本に帰ってきたとき、この小さな電話友達をどこに連れていこうか、などということを考えていた。

小樽の先の山の上に十数年前に山小屋のような隠れ家を作った。もう二年も行っていないから二回雪に埋もれてしまったわけで、今頃いくとどうなっているかわからなかった。その山小屋のまわりには沢山のサクランボと大きなクルミのなる樹があった。そばに小さな川があり、水の音が聞こえた。夏の日にわたしは童話か絵本に出てくるおじさんのようにそういうところで少年と遊ぶ情景を考えているうちにまたもや眠ってしまっていた。電車のシートは暖房されていて普段あまり電車に乗らないわたしはそこでまたもやここちよくなっていたのだった。

札幌駅に着くと、前日ひと足早く当地に来ていたわたしの事務所の渡利と柏艪舎の山本さんが待っていた。一人ではたどりつけないような複雑な地下道を抜けると紀伊國屋書店は駅前のガラス張りの白い綺麗《きれい》な建物だった。常設の画廊があって、そこにスマートにわたしの写真が並べられていた。

その日は一階にあるロビーに集まっている大勢の人を前に一時間ほどの話をする会があった。沢山の人々の前でわたしは写真展のテーマにちなんだ世界のちょっと変わった国、とくに北海道より確実に寒い北極圏での体験話を中心に話していたが、気がつくと世界の墓と葬儀についての話をしていた。

満員の参会者がなんとなくめんくらっている様子がわかり、わたしは一方的にそのことが可笑《おか》しかった。札幌まで飛んできて沢山の人に来てもらい、わたしはいったいなんてことを言っているのだ、と思ったが、話はそんなところで終わってしまった。

柏艪舎の社員は若い人が沢山いて元気がいい。居酒屋でみんなでビールの乾杯をした。新宿の居酒屋では日頃の遊び仲間のおとっつぁんばかりと飲んでいるので女性も入った宴会は久しぶりだった。面白い話がいっぱい出て、わたしはここちよく酔っていった。

翌日の午前中に東京に帰った。羽田空港に降りたとたん、空気がだらしなく膨らんでいるのを感じた。もう選挙は終わっていたから拡声器のばかげた騒音はなかったが、街全体が煮えすぎてだらしなくなった鍋の中にいるようなかんじだった。

羽田から品川までの京浜急行の車窓からひっきりなしに寺や墓が見える。遠くに立派な高層ビル群。見慣れていて気がつかなかったけれど、今はその風景が異常に見える。やがてこのあたりがもっと発展し、あの高層ビル群が線路際まで攻めてきたらこの連続する墓はどうなるのだろう。考えてもしかたのないことを考える。

品川で山手線に乗り換えて、原宿で降りる。今日この街でなにか大きなイベントが行われるわけではないというのにどうしたらこんなに人が群れることができるのだろうか、と思えるくらい改札口にむかって沢山の人間が移動していく。それもかなり速いスピードだ。実際に押し合いへし合いしているわけではなく、これだけ人が密接するように歩いているのにコンマゼロ秒以下のタイミングでみんなうまく体をかわしあってヒトとヒトが触れ合うことはない。そんなところがよく考えると不思議だ。

駅前に止まっていたタクシーに乗った。道路がすいていると十分ほどで自宅に着く。

空腹だったのでシャワーをあびる前にひるめしを作ることにした。もうこの頃は一人でいるときに作るものは決まってしまった。鍋に湯をわかし、長崎の五島列島の上五島《かみごとう》から取り寄せている椿うどんを二百グラム茹《ゆ》でる。この細い乾麺は五分ほどで茹であがるから楽でいい。そのあいだに妻が作りおきしてくれている麺つゆを丼に入れて揚げかすを入れる。茹でた麺を冷たい水で洗い、丼にいれてこれを電子レンジで二分。再び温かくなった上に刻み海苔《のり》を大量にふりかけて出来上がりだ。

うどんに揚げかすを入れると簡単に「たぬきうどん」ができるということを教えてくれたのはわたしの息子だった。彼の家に遊びにいくとわたしはたいていえらく早起きして原稿仕事などしているので、空腹になったときの早業めしとして教えてもらった。揚げかすはダウンタウンにある日本人向けのショッピングセンターで何時《いつ》でも手に入るらしい。

そいつができあがったところで電話が鳴った。「ヒョウジケンガイ」という表示が出ている。ニューヨークにいる娘からだった。彼女はインターネット回線を使ってかけてくるので奇妙なエコーが入って若干のタイムラグがある。

「ちょうど今なあ、うどんができたばかりだから、十分ほどあとにしてくれないか」

「了解」

娘は友達のような口調でそう言った。

うどんを食べていると門の呼び出しチャイムが鳴った。ちょっとしたマーフィーの法則だ。

妻あてのチベットからの小包みだった。別な電話がかかってくるのではないか、とやや脅《おび》えながら素早く二百グラムのうどんを食べる。丼を洗い終わったところでタイミングよく娘の再電話があった。

とくに何か用があるわけではなかったが、わたしは聞きたいことがあった。それはニューヨークの葬儀と墓地についての最近の状況だった。娘は面白いことを言っていた。

基本的に土葬が多く、墓地は郊外にある。ニューヨーク市内にも小さな墓地を時々見るけれどそれはそうとうに古いものらしい。土葬のときに棺の中や遺体に効き目の強い防腐剤を沢山入れるのでバクテリアが働かず、遺体がいつまでも腐敗しないという問題が起きているらしい。少し前の地元の新聞で読んだという。

「どうしてそんなことを聞きたいの？」

「世界の葬儀と墓について知りたいんだよ」

「そんなことを考えながらうどんを食べていたの？」

「まあな」

そのあと簡単に双方の日常情報を交換した。娘はアメリカでこの雑誌のわたしの連載小説を読んでいて、前々号に書いた西沢が自転車で転んで手を骨折したことについてその後の様子を聞いた。西沢は彼女の知り合いでもあった。

「まあヒビが入ったというやつだから大丈夫。明日から彼らと福井県に取材に行くんだよ。それから風太くんはいまおばけに興味があるな」

「お話はうまくなったの？」

「初歩の日本語会話だね。君も風太くんもいつもうどんができあがるあたりで電話してくるんだ。緊張するよ」

「どんな緊張なの？」

「食べおわるまでは電話がかかってこないように、という緊張と、会話がうまく成立するように、という緊張だね」

娘はまた近いうちに連絡すると言って、笑いながら電話を切った。


旅のあいだに原稿を書かなくていいようにと夜更けまで仕事をしていたら、終わったあともなんだか寝つけなくなり、三時間も眠らないうちにまた羽田空港にかけつけた。朝一番の便で小松空港に飛んでそこからレンタカーで約一時間。そのあいだわたしは殆ど眠っていた。

二カ月に一度の頻度で取材している「日本のまつり」の取材旅行だった。メンバーは何時もと同じ西沢とヒロシと海仁。もう足掛け三年も取材しているチームだから何も打ち合わせしないで行き先と時間さえ決めればいいようになっていた。

途中で少しまわり道をすると勝山市をとおる。そこは二年前に「左義長《さぎっちょ》まつり」というとても素晴らしい朝から晩までやっているまつりを取材したところだった。

そのときに町なかにある「八助」という蕎麦屋に入り、そのうまさに感激した。とくに「おろしそば」がおいしい。そこで週刊誌の自分の連載コラムにその蕎麦屋さんの話を書いた。わたしは記憶力が殆どないくせにメモも取らないのでよくやってしまうことがあるのだが、その時も「八助」を「助六」と間違って思い込み、そのまま書いてしまった。

店に入ると店の若奥さんがわたしのことを覚えていて、笑いながら「すみません。数字が二つ多いんです。紛らわしい名前ですいません」と言った。皮肉などではなく本当に先方が詫《わ》びているのであった。お詫びする立場が逆なのである。

その日の取材地はそこからさらに一時間ほど山奥にはいった美山町《みやまちょう》河内地区の「住吉神社」というところだった。そこでおこなわれる「じじぐれ祭り」がどういうものなのか、実は誰もまだあまりくわしく知らなかった。

戸数四十五の「日本むかし話」に出てくるような山奥の村だった。古い神社のまわりに樹齢三百年はあろうかという巨大な欅《けやき》が何本もある。もう枯れているような樹皮から伸びた枝の先に若葉がいっぱいついている。明日はまつりだというのに人の姿はなく、山あいの水田はどこも水が張られ、いまは田植えに忙しい時期のようであった。

そこから三十分ほどのところにある小さな旅館に泊まり、その夜は町に一軒しかないという居酒屋に行った。客の姿はなく、すぐに小あがりに座れた。四人で乾杯。しかし新宿の居酒屋で週に一度は顔を合わせている連中なので単純に場所が替わっただけという気分だった。刺し身や豚肉の生姜焼きなどを頼んだが、醬油《しょうゆ》が西日本特有のねっとりした甘さで失敗だった。海仁の注文した鰻丼《うなどん》はいかにも冷凍もので、素麵《そうめん》を頼んだヒロシは砂糖のタレにつけて食べているようだ、とこぼしていた。

そういえば以前「日本人の体は醬油で作られている」というテーマでやや長めのエッセイを苦労して書いたことを思い出した。いま書いている「墓と埋葬」と同じ岩波書店の雑誌の連載だった。

醬油や味噌の味はだいたい日本列島のまんなかあたりで分断されている。それは長葱《ながねぎ》の白い部分と青い部分のどちらを食べるか、魚屋の店先や食卓で魚の頭を左向きにおくか右向きにおくか、正月の雑煮の餅は丸か四角か、といった違いのエリアとほぼ似通った境界であった。「食文化と味の境界」である。

日頃なじみの友人らと酒場でそんな話をするのが好きだったが、その日は目の前のテーブルの上の食べ物にあまりにも落胆が大きく、そういう話には入っていけなかった。

翌日もよく晴れていた。

早朝行った山の中腹の住吉神社では、その日のまつりのための神輿《みこし》が作られていた。およそ風変わりな神輿で、全部そのあたりの山の木や草や花でつくる。

まず井桁《いげた》に組んだ担ぎ棒の上に杉と椿の枝を丸くして蔓《つる》でしっかり縛り、神輿の芯《しん》にする。その団子状態になった枝のかたまりに大量のシデの枝を差し込んでいく。シデの枝は二メートルはあり、それを芯の上に大きく覆いかぶせ、その上にさらに大量のブナの枝を差し込んでいく。そのブナは早朝五時に山の中に入ってトラックの荷台いっぱい切り取ってきたものだという。最後に通常の神輿だと鳳凰《ほうおう》をまつるところにやはり今朝がた切り取ってきたツバキ、コブシ、ハナショウブなどの花をひと塊差し込んで、それがご神体になるのだった。「花神輿」である。なんという粋な神輿なのだろう。「じじぐれ祭り」のじじとは時期のことを言うのだ、と村の長老からおしえて貰《もら》った。

五月になってこの山あいの村にもようやく田植えの季節、青葉の季節がやってきた。その新しい季節の到来をみんなで祝おう、というまつりなのであった。歴史は古く九百年くらい続いているという。

けれど日本中の田舎がどこもそうであるように、若者離れが続いていて村は過疎化と高齢化で弱体化している。神輿を担ぐ者が減ってしまっていて今朝作った神輿もむかしの三分の一ぐらいの規模で、むかしの子供神輿の大きさなのだと、長老が寂しげな顔で言っていた。

神社の下の村の集会所ではおばあさんたちが集まって参会者にふるまうヤキソバづくりの準備をしていた。祭りのために帰省してくる子供らもいて二百人ぐらいの人が集まる筈《はず》だという。花神輿は社殿に置かれたまま午後二時からのまつりまで休憩になる。そのあいだに田んぼに行って田植えをする村人もいた。

我々は川のそばのゲートボール場でまつりのはじまりを待つことにした。開始までに四時間の空白があるから我々はこういう時のためにポータブル式の麻雀台《マージヤンだい》をもってきており、よく晴れた大きな空の下でいそいそとそのせせこましいゲームに没頭することになった。村の人が笑いながら見物にくる。

「お昼になったらヤキソバを食べにおいでなさい」村の差配のような人がいう。みんなのんびりとしたいい気分の人ばかりだ。

まわりの水田から蛙《かえる》の合唱が聞こえていた。水田の先は緑のグラデーションになった低い山々が続いている。贅沢な風景と音のなかだ。静かでいいなあ、などと言っていたら、いきなり演歌が聞こえてきた。境内の下の余興のステージで音響のテストをしているらしい。

山間部に『さざんかの宿』の演歌が鳴り響く。でもまあ選挙宣伝カーの絶叫よりはいい。人妻を愛してしまった男の嘆き歌だ。

「これはつまり人妻とさざんかの咲く宿に泊まってしまったというわけなんだな」

西沢がぼんやりした声で言うと、ヒロシが「リーチ！」などとせっかくの情感を粉砕するようなカン高い声を出す。

「あああ」

いつも勝機に遅れる海仁がいつもの嘆きの声をだす。

「あああ」

と、さざんかの演歌も嘆いている。「あああ、ビールを持ってくるべきだったな」と
わたしも嘆く。

回流していく時間

チベットに行く妻を成田空港まで送っていった。彼女のチベットの延べ滞在日数を合計するとかれこれ三年ぐらいになるらしい。今回は約一カ月間だからかなり短いほうだ。またカイラスまでいく旅だという。

神の山カイラスはチベットの首都ラサから千二百キロほど西にあり、その行程の殆《ほとん》どは平均四千メートルほどの極限高地と呼ばれているところだ。

わたしも以前そのルートを二度ほど行った。とうに森林限界をすぎているから、木や草の緑はなく、付近は茶色の岩山が連なり、遠くヒマラヤ方向の山々は雪をいただいて清厳とつらなる。ツキーンと乾いて広がる薄い空気の空は、蒸発する水分が少ないから極端に深い濃紺だ。輪郭のはっきりした雲が常に巨大な空のどこかをゆっくり動いている。太陽が確実に近いから晴れると陽光は突き刺すようでそれらが大地に反射していつも眩《まぶ》しい。

この人はまたあの過酷なルートを行くんだなあ。

わたしは二年前の自分のその旅を思い浮かべながら、

「まあとにかく今回もあまり無茶をしないでちゃんと普通に帰ってこいよ」

と湾岸道路を走るクルマの中で言った。言っても言わなくても同じことだった。今回は少なくとも十年前に彼女が半年かけて行った馬の旅よりは安全な行程だろう。十年前の妻のその旅は極限高地約千キロを馬で行く、というものだった。彼女のチベット族の友人三人が同じく馬で同行した。

その旅はおよそ四カ月間音信不通状態だった。旅に出て四カ月間妻の消息がわからないというのも、覚悟はしていたが折りにふれ不安であった。そしてその旅は結果的にいくつもの生死にかかわるようなアクシデントを経ていたのだった。帰国した妻の口からそのようなことは何も聞いていなかったのだが、その旅に同行したチベット族の友人が当然わたしも知っていることだろうと、後日話してくれたのだった。死の危機は二度あったようだった。詳細を聞くと仮死状態にまでなっていたらしい。妻がわたしにそれを話さなかったのは、必要以上に心配されたくなかったか、話したら次にはなかなかチベットに行けなくなると危惧《きぐ》したからなのか、わたしにはわからなかった。

妻の旅は翌年からはじまった「植村直己冒険賞」の第一回目の候補になった。不思議な巡り合わせで、その賞の選考委員の一人がわたしだった。これには困った。考えた末、妻が候補になっているその選考会は欠席することにした。出席したらどちらにしてもアンフェアなことになるだろうと思ったからだった。妻のその旅の厳しさを知っていたので、正直な話、妻にそれを受賞させたい、という気持ちがあったが、結果的にはミャンマーの高山を登った登山家が受賞した。

妻の馬で行ったその長い旅から比べると、最高地点五千六百メートルのカイラス巡礼は慣れているだけにあまり心配はなかった。

搭乗手続きをするカウンターまで荷物を持っていった。カウンターのハカリに表示された数字は四十キロで、それは小柄な妻の体重とさして変わらなかった。イミグレーションに入っていく手前で手を振って見送った。こういう見送りはもう二十回目ぐらいだろうか。

まだ朝食前だったので空港のレストランで何か食べていく、という方法もあったが、最近ますますそういう店に入るのが面倒になっていて、とにかく自宅に戻り、家で自分で何か作る、というほうを選んだ。

湾岸道路はすいていて自宅には十時に着いてしまった。まだ朝の感覚だ。すぐに台所で何か作るという気分にもならず、屋上に行ってデッキチェアにすわって新聞を読んだ。

空は高曇りでわずかな風がここちよかった。

新聞はろくでもないニュースしかなかった。どこかの田舎で牛が町に入り込んできて逃げまわったという出来事があり、お約束のように「モウ大変」という見出しになっている。新聞の見出しをつける整理部の相変わらずのこの肌寒くなるような親父ギャグ感覚は、新聞のこのところの構造的な低迷と無関係ではないような気がする。彼らは「モウ大変」という見出しをつけることによって読者の誰か一人でも「ああ面白い」と思うだろうと本当に考えているのだろうか。

数日前にある新聞に頼まれてちょっとしたエッセイを送った。一年のうちにアラスカとカナダとロシアの北極圏に行ったので、その概括的な話を書いたのだ。そのとき「エスキモー」というアラスカの極北に住むネイティブの呼称を書いたら校閲部からことごとく「イヌイット」と直されてきた。日本のジャーナリズムは「生肉を食う人」という意味の「エスキモー」を差別語であるとして使わないようにしている、との説明があったが、実際にその土地に行くとかれら自身がエスキモーという呼称を普通に使っているのだった。

カナダの極北民族を「イヌイット」と呼ぶようにカナダ政府が指導しているが、そのカナダの北極圏に行ってもネイティブは「エスキモー」と自分たちを呼称していた。自分らは「生肉」が好きなのだから「エスキモーでいいのだ」と彼ら自身がそう言っているのだった。

日本の新聞ジャーナリズムが現実と違う言論規制を頑《かたくな》にしているのが不思議だった。そして結局わたしのエッセイは現実とは違う呼称に直されて掲載された。なんだかヘンな気分だった。そんなことなら掲載してほしくなかった。

電話が鳴り、出ると妻の声だった。飛行機の出発が遅れてこれからやっと搭乗するところだ、と言った。一時間の遅れということになる。

「まあ、いい旅を」

わたしは利いたふうなことを言った。

それから台所に行って少し考え、前の日に用意してもらっていたローストビーフでサンドイッチを作ることにした。クレソンとホースラディシュを沢山いれて、いったんラップにくるんだ。こうしておくと全体が少し落ちつくんだ、とむかしどこかの長旅をしたとき山男の友人が言っていたのを思い出し忠実にその方法に従った。

那覇に行った。ひと月前からFM沖縄という局で週一回、三十分のラジオ番組をもつことになり、その録音のためと、もうひとつ雑誌の取材で竹富島《たけとみじま》に行く用事があった。

ＦＭ番組は下うけのプロダクションが作っているので、小さなスタジオは民家の中にあった。今は製作機材が簡素化されていて驚くほど小規模なところで録音の仕事ができる。最初そこのマイクにむかったとき二十年ほど昔のラジオ体験の記憶があたまをよぎった。

わたしはまだモノカキになったばかりで、放送ジャーナリズムにはなんの縁もなかったのだけれど、なぜか請われてＦＭの民放番組の仕事をするようになった。月曜日から金曜日までの夜の十五分間の「帯番組」でソニーの提供だった。

番組名は「デジタルサウンド」と言った。まだデジタルという言葉が出始めたばかりの頃で、デジタルとアナログの違いを時計の仕組みで説明する程度の知識しかなかった。長針と短針がぐるぐる回るのがアナログ式の時計で、数字だけが変わっていくのがデジタル式、というような、今考えるとそれはずいぶんのどかで幼稚な認識だった。

その番組では「コンパクトディスク」で放送している、ということを毎回説明することになっていた。もとよりシステムを理解しておらず、与えられた言葉を話しているだけだったが「コンパクトディスク」は今普通に使われている「ＣＤ」の正確な呼び方だったのだ。

四年間、わたしはそれを録音するために半蔵門にあるＦＭ放送局に通った。その頃はサラリーマンからフリーのモノカキになったばかりで、どうやって生きていったらいいのか毎日しずかに呆然《ぼうぜん》としていたような記憶がある。その番組のレギュラーを引き受けたのも定期的な収入がありがたかったからだった。

今は殆ど懐かしさと、沖縄という自分の好きな土地での仕事ということに惹《ひ》かれてその新しいラジオの仕事を楽しんでいる。

地元のフリーの女性アナウンサーとスタジオで対談し、そのあとはマイクを持って外にでる。週一回の番組は三十分構成だった。最初に録音されたひと月半の番組の録音CDが送られてきていたが、まだ聴いていなかった。おそらく話のあいだに音楽が入るのだろう。

その日も小さなスタジオで当日渡されたメモのいくつかの話題にからむことをわたしは自由に話していればよかった。六回ぶんの収録が終わると、その話題に関連した場所に行き、関係者のナマの声を聞く。

その日は宜野湾《ぎのわん》の普天間《ふてんま》基地の滑走路のすぐ近くにある佐喜眞《さきま》美術館に行った。めあては「原爆の図」を描いた丸木位里《まるきいり》、俊《とし》さんの描く「沖縄戦の図」である。凄絶《せいぜつ》な怒りと悲しみにみちた巨大な絵が展示され、どれも圧倒的な迫力だった。わたしは息を飲むような気持ちでそれらの展示室を回った。

この美術館は館長の佐喜眞道夫さん個人が開設し運営しているものであった。そのすぐ側を米軍のジェット戦闘機が強烈な爆音をたてて離陸していく。いかにも実直で誠実そうな佐喜眞さんに挨拶《あいさつ》し、いくつかの絵の説明をうけた。ガマと呼ばれる海岸の洞窟のなかで米軍上陸を前に数百人の沖縄の人々が集団で自害していく様が描かれている。その悲惨な絵の前で涙を流している娘の姿があった。ヤマトからきた観光客ではなく沖縄の人のようであった。

重い気持ちで同じ普天間にある三線《さんしん》の店に行き、ニシキヘビの皮と黒檀《こくたん》の木で作られていく三線の製作過程などを聞いたが、そこで弾かれる三線の音のようなあまりのったりとした気分にはなれなかった。

そのあと浦添《うらそえ》市にあるキックボクシングのジムの取材をし、続いてちいさな居酒屋で沖縄の食べ物の話を聞いた。沖縄の人に共通しているのは、もの静かで、それぞれにはにかみやである、ということだった。

そんな人々と出会えるから同じラジオの仕事といっても二十年前の都会のビルの中でもそもそ呟《つぶや》いていたときよりもずっと充実しているような気がした。

夜更けにホテルに戻り、疲れてベッドに倒れる。ロビーには何組かの観光客の団体がいて、みんな食事のあとで酒が入っている上に旅の興奮があるからなのか叫ぶような大声で話しているのが共通していた。ベッドに倒れ、ひらいた本を何ページも読まないうちにわたしは他愛なく眠っていた。

翌日一人で石垣島《いしがきじま》に飛び、空港で雑誌社の編集者とカメラマンに会った。沖縄本島から四百キロ離れたこのあたりの島々は八重山《やえやま》諸島と呼ばれている。そのひとつの小島である竹富島訪問記の取材だった。

簡単な打ち合わせをかねて昼ごはんを食べていこう、ということになった。ハッセルブラッドという中判のフィルムカメラを使っているカメラマンはやはりそれに見合う大きなバッグを背負って汗だくになっていた。

そのカメラマンは沖縄中を取材しているからあちこちの情報にくわしく、そのあたりでいちばんおいしい沖縄そばの店に連れていってくれた。沖縄そばは地元では「すば」と呼ばれる。小麦粉とかんすいで作るので製法上はラーメンとまったく同じなのだがラーメンよりは太く、見たかんじむしろうどんにちかい。それをかつおぶしや豚骨などでとった醤油《しょうゆ》だしで食べる。

カメラマンが案内してくれた店は「のりば食堂」という名前だった。復帰前、アメリカ式に右側通行だったときに作られたからその名になったらしい。けれど本土復帰で左側通行になり、今は逆にバスのおり場になってしまった。

「だから本当は『おりば食堂』にしなければおかしいんだけれどそれもいまいましいからというのでもとのままの『のりば食堂』になってるんですよ」

カメラマンは笑いながら説明してくれた。

うっちん（うこん）をまぜたそばなので全体が黄色いそばだった。あまり黄色いので見たときにややひるむほどだがカメラマンが自慢するだけあって食べてみると味が深くておいしかった。

それから身支度を整えて高速の渡し船で竹富島に渡った。凄《すご》い馬力の船で飛ばすのでなんと十分間で着いてしまう。

島好きのわたしは沖縄や八重山の殆どの島に行っているが、竹富島には行ったか行っていないかあまりはっきりした記憶はなかった。沖縄や八重山の島々はみんな似ているので、明確な記憶の区別がつかない。近い島なので何時《いつ》でも行けるからと思っているうちに行きはぐっている可能性もあった。

竹富島には「竹富島憲章」というのがあって、この島にまだいたるところ残っている赤瓦の木造家屋と石積みの家囲いやフクギの屋敷林をみんなで残していき、先祖からつたわる風習を大切にし、島の隅々まで気をつかって清潔にして暮らしていこう、という精神をうたったものだ。そのため島のなかはどこを歩いても美しく、ことさら観光用のけばけばしい施設を作らなくても、その自然に美しい村のたたずまいを見るためだけに観光客がやってきて、島の観光産業が成立しているという。

南島の強烈な太陽の光の下でサンゴのかけらのまじった白い道が美しかった。あまり人の姿は見えず、集落の中を歩いているだけでここちがよかった。門扉のない石作りの家囲いのまわりには色とりどりの南島の花が咲き、赤瓦の屋根の上にはそれぞれ意匠をこらした魔除《まよ》けの「シーサー」が声なく吠《ほ》えていた。門扉がわりに玄関の前に衝立《ついたて》のようにして作られている「ひんぷん」の向こう側、母屋のどこかでかすかに人の気配がする。

歩いているうちに、この島にも以前来ているという微弱な記憶があった。誰とどういうことで来たのかまではまだ思いだせなかったが島の真ん中へんに「なごみの塔」という不思議な形をした見晴らし台のようなものがあって、それに確かな記憶があったのだ。塔といっても五メートルぐらいの可愛いしろものだがちょっとした丘の上に建てられているので急角度のコンクリートの階段を登っていくとけっこう高度感のある見晴らし台になる。けれども集落の真ん中あたりなので、それが本来なんのために作られたのか意図不明なところが面白かった。この塔を以前たしかに見たことがあるからこの島には確実にやってきているのだ。

島の西側にある、いまは使われていない堤防に行ったときに遠い記憶はさらに明確によみがえった。

わたしはそこで写真を撮っていたのだ。中学に入ったかどうかの生意気ざかりの息子をつれてここにやってきたことがあるのだ。その日も今と同じようにまだ夏に入る前だったが、すこぶる暑い日で、息子はシュノーケルをつけて半日ほど泳いでいた。そのとき写した写真がわたしの出した本のどれかに収められている筈《はず》だった。

ビーチに行くと家族連れやカップルなどで賑《にぎ》わっていた。浜辺でカメラを持って立っていると歩いてくる若い人のグループに声をかけられた。わたしを知っている読者のようだった。顔を少し知られているとわずらわしいことが多いがこういうときは便利だった。わたしはその島の短い探訪のあいだに何枚かの写真を撮るのも仕事のうちに入っていたので、声をかけられたのをさいわいにその若者たちの写真を撮らせてもらった。日除けのための大きなコーモリ傘をさした三人の子連れの母子も撮らせてもらった。みんな気持ちのいい笑顔をみせてくれた。

集落に戻り「こぼし文庫」を訪ねた。随筆家の岡部伊都子《おかべいつこ》さんが土地建物と蔵書までそっくり寄贈した島の子供たちのための図書館であり、子供たちの遊び場だった。

行ってみると年長の子供が幼い子供に何冊かの絵本を読んで聞かせているところだっ

た。五十人ほどの島の子供はみんなしっかり挨拶ができ、絵本の読み聞かせにも素直に集中していた。

夕方の最後の船で島を去った。よく晴れていて、小さいけれど空を流れるスピードの速い雲が、あたまの上に沢山あった。


東京に戻り、本箱を探して、遠いむかし竹富島に行ったときの写真の載っている本を見つけた。写真雑誌に連載していたものをまとめたもので、見てきたばかりの桟橋をパンツひとつの息子がずんずん海にむかって歩いていくところが写っていた。どんな用であの島に息子と行ったのか、その記述はなかった。記憶がもうすっかりおぼろになってしまっている自分がなさけなくもあった。

妻がチベットに行っているあいだ、自分の食事をあれこれ考え作ったりするのが面倒なのでたて続けにあちこち旅行にでかけるスケジュールにしてしまった。

翌日は早く起きて東京駅にむかい、七時五十分発の新幹線に乗った。京都で山陰本線に乗り換え、福知山《ふくちやま》でまた乗り換えて江原《えばら》で降りた。十二時半をすぎていたので時間だけ考えるとえらく遠いところにきた気分だった。タクシーで日高町《ひだかちょう》へ。植村直己さんの郷里だった。

その日は植村直己冒険賞の第十一回目の授賞式があり、そこで行われる式典に出る用事があった。受賞者はまだ二十代の若い女性で、世界で二番目に高いヒマラヤのK2の登頂に成功した。両親も来ていてみんな緊張した面持ちだった。

よく晴れていて山に囲まれた町の風景は吹いてくる風に山の樹々がそっくり翻《ひるがえ》っているのが見えるようで、降りそそぐ陽光がいたるところで光っていた。式典のあとに町の人がしつらえた親睦会までの時間、宿に行って少し原稿仕事をした。その宿の窓からも周囲の低い山々がよく見えた。わたしは風で山の樹木が激しく踊るように揺れるのを見ているのが好きなので、原稿にいきづまると窓の外を眺め、長いこと中断してしまうので仕事はあまりはかどらなかった。

夕方、指定された体育館に行った。紅白の幕がはりめぐらされ、町の人々が素朴な料理をつくり、手づくりそのままの祝宴でなかなかいいかんじだった。

植村直己冒険賞を受賞した若い女性が司会者に質問を受けるパートがあって、そこで受賞者は「感銘をうけた本」について質問された。受賞者ははきはきした声でスウェン・ヘディンの名をあげたのでわたしは嬉《うれ》しかった。わたしも若い頃からヘディンの西域への探検紀行ものが好きで、やはりヘディンが好きだということでいきなり話の合った女性と結婚した経緯があるからだ。それが今の妻なのだが、互いに秘境好きな性格は今日まで変わらなかった。

　翌日は但馬《たじま》から小さな飛行機に乗って伊丹《いたみ》空港まで行き、東京行きの飛行機に乗り継いで迅速に帰った。タクシーで自宅に急ぎ、すぐに式服に着替えて新宿のヒルトンホテルに行った。その日は一時からわたしの知り合いの若者が結婚式を挙げているのだ。すでに二時半をまわっていたのでとんでもない遅刻だったが、結婚式というのがどうにも苦手だったので、あのばかげて派手で空虚なケーキカットの場面などがもう終わっており、せめてその点がありがたかった。今の都会のホテルの結婚式は芸能人のディナーショウのような、おそるべき豪勢な雰囲気としかけになっていて、昨日の日高町の紅白の幕に囲まれた体育館の素朴な祝宴の記憶が鮮明な今はその異次元空間ぶりが強烈だった。

　その夜、二次会に出てやや遅くなって帰宅したところで電話があった。ニューヨークに住んでいる娘からで、この数日ずっと電話していたけれど何時もいないので心配していたんだ、と彼女は言った。わたしはずっと家を留守にしていたことを話した。

「母はチベットでどうしてるのかな？」

　娘は言った。「そっちのほうの動向もわからないけれどまああの人は超人だからなあ」とわたしが言うと「そうだね」とすぐに頷《うなず》く声がした。それから彼女は、その日の朝にBBCが報じたフロリダの、いかにもわたしが興味をもちそうな事件の話をした。

エバーグレーズ国立公園で体長約二メートルのワニを大蛇のパイソンが飲み込んだが、ワニが大蛇の腹の中で暴れて大蛇が破裂し、双方死んでいるところが発見された、という話だった。たしかにわたしがたちまち関心をもつ話であった。翌日その写真をＦＡＸしてくれるようにたのんだ。

その翌朝、チベットの妻から電話があった。いまはタルチェンにいるという。そこはカイラスのまわりを巡礼するためのベースキャンプになっているところで、わたしも二回行ったことがあるからそんなところからの電話なので驚いた。たしか五千メートル近い地点だった。どうして電話できるのか聞いた。

チベットでもつい最近衛星を使った国際電話でこんな山奥のベースキャンプから話ができるようになったのだという。

「でもしばらくここで停滞だわ」

と彼女は言った。

「どうして？」

「雪が降っていて山のルートが危なくなっているらしいのよ。でも天候は回復基調にあるというからなんとかなるでしょう」

「無理をするなよ」

わたしは言った。気温はマイナス五度だという。彼女がこれから回ろうとしているルートを行ったことがある。わたしは六千メートル近いところまで二泊して行ったのだが、彼女は一人のときは一晩中歩きづめで宿泊なしに通過していた。高度障害でヒハヒハいいながら歩いた苦しい岩だらけの道を思い出し、まあ現地に行ってしまうとわたしがいくら危ないからとどうこう言ってもはじまらないな、ということはよくわかっていたから、ここで改めて気をつけろよ、などと当たり前のことを言うのはやめた。

そのかわりアメリカの娘は相変わらず元気にやっているようだよ、ということを伝えた。「息子のほうはどうなのかな」と妻は言った。彼も日本に電話はしていたのだろうけれどしばらくわたしが家に居なかったからそっちの様子はわからない、と伝えた。

しばらく東京にいた。そのあいだ原稿を書き、夜は新宿の居酒屋に行って酒を飲んでいた。いつもいく溜《た》まり場のような居酒屋なのでかならず誰か知りあいの男と会える。まずは近くに住んでいる西沢と講談社のカメラマンをしているヒロシが現れた。釣り雑誌のコンちゃんが顔をだした。古い友人のイラストレーター、沢野が原作の『放埒《ほうらつ》の人』が芝居になり居酒屋の隣にあるアングラ劇場での公演が始まったのでそれを見に行ったりした。地方のどこかの街を歩き回っているのも楽しいけれど、いきつけの飲み屋の周辺でそんなふうにオダをあげているのは気疲れがなくていちばんいいような気がする。

けれど、そういう日々も長くは続かずまた小さな仕事の旅があった。札幌にある出版社から本が出たので、それにからまるイベントがあるのだ。羽田まで自分のクルマで行き、思いがけず東京とたいして変わらない蒸し暑い気候の札幌に着いた。すぐに駅ビルにある旭屋書店でサイン会だった。サイン会は久しぶりだった。一時間半ほど自分の名前を書いていると、ときおり自分の名が信じられないようなヘンテコな文字になってしまう。同じ文字をずっと書いていると唐突にそうなることがよくあるのだ。

並んでくれた読者の一人に国語の教師がいて、正しい「誠」という文字の書き順を教えてくれた。いままでわが人生、まったく間違えた書き順で書いていることを知った。

「この歳《とし》になって修正はもうだめでしょうね」わたしが言うと、教師は困ったように笑った。

札幌から帰宅した翌朝、とつぜんお粥《かゆ》を作ることにした。中国にいくと奥地の安宿の朝飯はたいていお粥だった。お粥はコメのスープのようなもので、日本のお粥と違うのは水分が多いわりにごはんがしっかりしていることだった。中国人はこれを啜《すす》るようにして飲み饅頭《まんとう》などを食べる。中国都市部の立派なホテルの朝飯よりも、田舎の安宿や、一膳めしやのお粥のほうがはるかにうまかったりする。水加減と火加減にあまり注意しなくていいお粥を作るというのは我ながら名案だと思った。一合より少なくしたコメをいつもの倍の水の量で炊いた。けれど中国のお粥のようにはならず病人食のようになってしまった。とき卵をいれてみたら今度はおじやのようになった。やはりお粥ひとつにも中国四千年の歴史の重みがあるのだろうと納得した。それではと焼き海苔《のり》をいれてかきまわしてみたら人間の食べるものではないようないろあいになってしまった。

「失敗の巻」

独り言をいいながらいまいましく食べていると電話が鳴った。時間からいってサンフランシスコの息子のところに違いなかった。

「はい」

「水公園は入れなかったんだよお」

いきなり三歳の風太くんが言う。

いつもそうだった。その日あった一番印象的なことをまず報告してくれるのだ。水公園は彼らの住んでいるミッション地区に最近できたいろんな噴水が踊るように噴き出てくるしかけのある公園で、幼児には魔法の国のように魅力的なところらしい。わたしが彼らの家に行ってからもう半年は経ってしまったので、最近できたその公園はまったく知らないところだった。

かれらの住むミッション地区はヒスパニック系が多く、近頃ギャング団の抗争があってウォータウン（戦争の街）とも言われているらしい。そして水公園にはホームレスが沢山入り込んでくるのでときおり閉鎖されてしまうようだった。

「そうか。水公園にはいれなかったのかあ」

「じいじい。木の葉っぱはこわくないいんだよ」

風太くんはいきなり違うことを言った。彼のこわくない、というのは「こわい」ということなのである。

「木の葉っぱなんかこわくないよ」

わたしはじいじいの声で言う。それからしばらく互いにいましがた食べたものの話をして我々のその日の黄金の会話は終わった。

梅雨入り宣言のあった翌日、釣り雑誌の取材で幕張《まくはり》メッセの先の検見川《けみがわ》の海岸に行った。花見川の河口付近だ。埋め立てされてしまって昔の河口とはまるで違うところにあったが、わたしが子供の頃泳いだり釣りをしたりして遊んだところの近くだった。

新宿からヒロシを乗せてクルマでそこにむかった。休日になると沢山の人がやってくる場所なのだがこれだけ人の集まる施設を作っておいて駐車場というのがまったくないからみんな道端にクルマをとめる。千葉西警察のパトカーが駐車禁止だからクルマをただちに移動させなさい、とスピーカーで叫びながらやってくる。ここまでくるバスも電車もないエリアだから路上駐車するしかなく、それを取り締まるなどというのはめちゃくちゃなハナシなのだった。クルマはざっと百台ぐらいとめてあったから、例の民間の駐車取り締まり係の人もやってこない。こんなところで取り締まったら絶対に一悶着《ひともんちやく》あるだろう。来ている全員が怒るかも知れない。

その日はほかに西沢、名嘉元、高橋、太陽、コンちゃんなどの何時ものメンバーが集まっていた。栈橋は奥のほうにベンチがあったりして最初から人が寛《くつろ》げるような作りになっているのになぜか入り口の扉に鍵がかかっているのでみんなそれを乗り越えていく。どうも千葉というところがやる行政の仕事はむかしからめちゃくちゃなんだ。わたしはまわりの仲間たちに謝るような気持ちでいう。梅雨入り宣言が出たとたんに梅雨あけのような快晴になっていた。

西沢は前の日に六軒のハシゴをしたそうで十メートル歩くとカラの嘔吐《おうと》がくるらしく絶望的な顔をしている。栈橋の周囲を巨大な鯉とみまごうばかりのボラの大群が泳いでいるが誰も関心を示さない。泥臭くてまずいという風評があるからだ。でもこいつからうまい「からすみ」が取れるのだ。

サッパという鯵《あじ》に似たような小さい魚が沢山釣れた。釣魚界ではレベルのひくい雑魚らしいが、酢でしめるとコハダに似てうまいらしい。

その夜は、いつもの居酒屋に行ってそのサッパをマリネにして皆で飲んだ。釣り雑誌の編集者をしているコンちゃんはいまケンサキイカという、イカのなかでも一番味のいい高級イカ釣りに凝っていて、前日大量に釣ったそれを持ってきてくれたので巨大な皿に山盛りのイカソーメンを作ってもらった。ソーメンというほど細く切っていくにはイカの数が多すぎてさばききれずイカウドンのようになっていたがそれがかえって贅沢《ぜいたく》で、大変豪華な酒宴になった。

同じ顔ぶれで夜更けまで麻雀《マージャン》などをして一時に家に帰った。ここちよく疲労しておりそのまま気絶するようにして眠った。

翌日、妻から電話があった。カイラスの巡礼は終わって、帰路についているという。妻にアメリカの家族のカタワレたちの様子を伝えた。

「みんな元気だよ。みんな母の様子を心配していたぞ」

「わたしは元気。青蔵鉄道で帰ることにしたわ」

あと一週間後だ。あいている日曜日だったので成田まで迎えにいくことを伝えた。その電話があって一時間もしないうちにサンフランシスコの息子から電話があった。

「こんな話を聞くと心配するかも知れないけれど、今日家族みんなで街のレストランにいってブリトウを食べていたら、店のすぐ外でチンピラ同士の撃ち合いがあって一人が撃たれた。十五歳のヒスパニックだったよ」

「死んだのか？」

「うん。三分ぐらいしか持たなかったな。このあたりは彼らの抗争があってときどきこういうことがあるんだ」

「風太は死体を見なかった？」

「ああ。でも人が死んだというのはわかったみたいだね。アメリカ人はこういうときみんな冷静で、レストランの中が大騒動になるなんてことはないからなにもショックはなかったようだけれど……」

「でもやっぱりデンジャラスな街なんだなあ、そこは」

「ウォータウンだからなあ」

「機会を見て越したほうがよくないか」

「うん」

いきなり風太くんが電話に出た。

「おにいちゃん死んじゃった」

「そうなのかあ」

「じいじいも死ぬの？」

思いがけない質問だった。

「じいじいは死なないよ」

「死なない？」

「うん。やくそくするよ」

「やくそく？」

オウムがえしにそう聞いたけれど風太くんはそれから何を言っていいかわからないようで、わたしも困った。息子から電話があったら、ずっとむかし竹富島に行ったことがあるのを覚えているか、と聞こうと思っていたのだけれど、そんな話をするタイミングではなかった。

「ブチクン」への旅

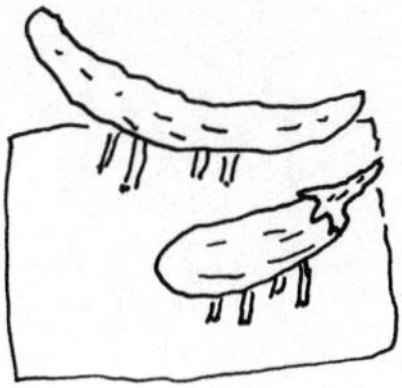

チベットから帰ってくる妻を迎えにクルマで家を出た。成田空港はいまだに空港施設に入るゲートで検問がある。検問といっても運転免許証の提示と、クルマのトランクをあけてその中を形式的に見るぐらいで、それでいったい何がどうなるのだ、という程度のものだけれど空港開設以来それを続けている。世界のいろいろな国に行くけれど、戦時下でもないのにこんなに長期にわたって検問をしている空港は見たことがない。

世界で一番空港監視態勢の厳しいアメリカでも空港に入っていくルートはどこもノーチェックだ。成田空港はその建設当初に激しい反対闘争があり、その傷を引き裂いて強引に空港を開設していった経緯があるから、テロ対策のための厳戒態勢とは違った理由でこうして一般利用者には奇異としか映らない長期にわたる検問ゲートを継続させているらしい。

十数年前は、空港に入っていく目的をいちいち質問された。といってもどこかに出発するのか、誰かを迎えにきたのか、という程度の質問しかしないから、聞いてもあまり意味がないだろうに。いまはそういう質問はなく、警官によっては思いつきのように「どのターミナルにいくのか」という質問をする。それとて聞いてなにがどうなるのかという単純な疑問だけ残る。暇だから聞いてみました、というかんじだ。

どう考えてもあまり意味がないと思われるこの全体に「ゆるい検問」も積年でみれば膨大な税金を使っている——ということになる。それでもおとなしくクルマを止めて言うことを聞いている我々日本人も随分おひとよしな人種のような気がする。

第二ターミナルの北棟駐車場にクルマを入れ、読みさしの文庫本を持って到着ロビーにむかった。二十一時到着予定のCA421便はその日到着する飛行機の中でも遅いほうだった。到着状況を知らせる大きな表示ボードにその飛行機は「遅延」と書いてあった。ぼんやりした予感はあたった。湾岸道路が空いていて飛行機の到着予定時刻より三十分も早く着いてしまったのでこれはトータルして一時間以上待っていなければならない。

妻の旅はいつも探検行に近いような状態だからキャンプ道具などの荷物がかさばり、一人では大変なので彼女が帰国する日、わたしが日本にいるときはできるだけ空港に迎えにいくことにしている。

いつだったか、台風がらみの激しい雨が降っている夜、やはりそのようにして帰国する妻を待っていたことがあった。その日妻が乗ってくるのはパキスタン航空であった。この航空会社はどういうわけかキマリゴトのように到着時間が遅れる。その日も到着予定時刻の表示はどんどん変更され、結局一時間以上の遅延となっていた。

わたしは覚悟し、到着ロビーのベンチに座って新聞などを読んで長い待機態勢をとった。すでにその日はそれ以外の飛行機はみんな到着済みで、待合室には数えるぐらいの人しかいなかった。

わたしは本を一冊も持ってこなかったことを悔やみ、もうすっかり読んでしまったたいして面白くもない新聞を丸め、退屈をもてあましていた。まだいくつもの到着便が残っているときは、迎えに来ている人々のなにやら不安そうだったり、久しぶりに会って歓喜にふくらむ顔などを眺めているのだが、パキスタン航空の路線はえらく地味な都市を経由してくるのでおそらく乗客も少ないのだろう。わたしのほかには数人の迎えの人の影しかなかった。

わたしはしばらくぼんやりし、それから知らぬうちにうとうとしていたのだった。気がつくと誰かがわたしの背中をゆすっている。ぼうっとして目をあけると、知らない男がわたしの横に立ってわたしの肩を揺すっているのだった。制服を着た空港のガードマンのようであった。妙に硬い表情をしている。

「ん？　なんだなんだ……」

わたしは急速に覚醒する。そのガードマンはあきらかにわたしに何か告げようとしているようだった。最終便の飛行機がこの台風がらみの風雨で着陸できない、という事態になったのだろうか。ふいに目下の状況をリアルに理解し、いささかわたしは緊張した面持ちのそのガードマンの顔を眺めた。

「おたくのこれからの予定は？」

そのガードマンはだしぬけに聞いた。

最初は質問の意味がよく分からなかった。

空港や駅などでわたしの本の読者などから何か話しかけられたりすることがたまにあった。もっともこれよりはずっと丁寧な物腰ではあるのだけれど。

なんとも返答しかねてまごついていると、そのガードマンは「この空港はね、もうじき閉まるんだよ。だから規則でここでは寝ることはできないよ」と、ひどく事務的に言った。

「ん？」

日本の空港の待合室のベンチでは居眠りは禁止だったのか？　またしても思考回路が一瞬停滞したが、すぐに状況を理解した。

このガードマンは、わたしをホームレスと思ってそう言っているようなのであった。外は激しい雨である。空調の効いたこういう場所はたしかに一晩過ごすには快適だろう。

「いや、ここで寝ようとは思っていませんが……」

わたしは答えた。言いながら矛盾していることに気がついた。わたしはあきらかにいましがた眠っていたのだ。ガードマンはそれについての返事はせず、黙ってわたしの全身を眺めた。

そうだろうなあ、とわたしは突然理解した。クルマで迎えに来ているのでビーチサンダルにいつも部屋ではいている古い男モンペのようなものの上にくたびれたTシャツ。おまけにさきほど売店でペットボトルと新聞を買ったときのビニール袋のふたつがいかにも純正ホームレスの小道具になっているようだ。更にわたしは旅ばかりしているので全身恥ずかしいくらいに黒く日にやけており、もしゃもしゃの天然パーマだ。考えてみると中年ホームレスの基本スタイルの条件をそっくり満たす風体だったのだ。

わたしはそのガードマンに最終便を待っているんですよ、と説明した。ガードマンは信じていない顔だった。しかしそれ以上の強制排除勧告までは控えたようで、ぎこちない動作でいったん引き揚げていった。その立ち去りかたにはまた居眠りしたらただではおかんぞ、という無言の威圧があった。

わたしはなんだかおかしくなって顔を伏せてくつくつ笑った。それとなく様子をみると四十代半ばぐらいの朴訥《ぼくとつ》な感じのガードマンだった。しかもあきらかにまだ警戒を緩めない顔でじっとこっちを見ている。また居眠りでもしたら今度はもっと強い姿勢で何か言ってきそうだった。まいったなあと用心し、できるだけ眠らないようにした。

大きな荷物をカートに乗せて小柄な体でそれをキリキリ押しながら妻がゲートから出てきたのはそれからさらに十分後であった。けれどわたしにはことさら長い十分間だった。旅から帰ってきたときは帰りのクルマのなかでまずは妻が今度の旅の主な出来事についての話をする。それから湾岸道路をとばしながらわたしのほうで伝えるべきことをぽつぽつ話す。当然さきほどのホームレス疑惑についての話をした。

「そうね。そう思われても仕方がないわね」

妻はわたしの横顔を見て面白そうに言った。

「いちおう自分のクルマで迎えに来ているんだからなあ。すこしはまともに経済活動しているヒトに見てほしいよなあ」

まあそんなことはどっちでもいい、とは思いながら、その頃マスコミではやり始めていた『人は見た目が9割』というちょっと話題になった本のことを思いだした。

気がついてみるとその日もわたしはかなりいい加減な恰好《かっこう》で来てしまったので、ぼんやりしているとこの前のような忠告を受けるかも知れなかった。かといってたかが身内の迎えのために着てくるシャツに気をくばったり暑いのにきちんと靴を履いてくるなどということはしたくなかった。

幸いCA＝エアチャイナはパキスタン航空ほど大幅な遅延ではなく、その日はガードマンの追及をうけずに無事空港を脱出することができた。

妻の今回の旅は目的地である六千メートル級のカイラス山が雪に覆われていたためにかなりのアクシデントがあったようで、二年前にわたしと一緒に行ったときよりは全体に厳しい状況だったようだ。

わたしは留守中の家のなかのことや、ご近所関係の報告すべきこと、それとアメリカにいるわが二組のファミリーの近況などを話した。

湾岸道路と首都高速は本来はその時間空いている筈《はず》なのだが、いたるところで集中道路工事があって、自宅に戻ったのは十二時を過ぎていた。玄関に四十キロ近い荷物を運び込み、妻は久しぶりに見るわが家の空気をかいで、「やれやれ」と何時《いつ》もこういうときにいう口癖のようなひとことを言った。まあとりあえずこれでわが家は再び通常シフトに戻ることになったのだ。

その週末にわたしはまた那覇に行った。完全に梅雨があけていて、空港の外に出るとまったくの「ブチクン」だった。ブチクンとはこっちの方言で、あまりの暑さにぶったおれる、という意味である。この言葉と意味を知ったとき、わたしはなぜか大変感動した記憶がある。南島の強烈な暑さをこれだけ見事に表現している言葉はないように思ったのだ。

タクシーに乗って行き先を告げる。そこへ行くのはこれで三度目なのでちょっとした補足的な説明もできるようになった。目的のヒーホースタジオは住宅地の中にあって目印になる分かりやすい建物などがないのだ。

FM沖縄で始まったわたしと地元の女性アナウンサーによる毎週三十分の番組の収録がその日の仕事だった。もう録音は三回目になるし、五人いるスタッフの気分や感覚もだいぶ互いに理解しあえてきたようで仕事は早かった。

もともとわたしは沖縄の風土、風習、住む人々のこころ根の優しさ、そのゆるやかな人と人の付きあいかたなど、ここに暮らす人々の独特の人間感覚が好きだったので、このラジオの仕事も回を重ねてくるにつれて興味の深度が増してきていた。

その日はスタジオで二時間ほどアナウンサーといくつかの基本になる話題の対談をして、そこで語られた話に繋《つな》がるような町の現場をマイクを持って訪ねてみるという段取りになった。

公設市場は那覇に来るたびに訪ねるところだが、この日は地元のスタッフが多いのでわたし一人ではちょっと臆してしまうようなディープゾーンまで入って取材することができた。ディープゾーンといってもたかが知れていて、地元の人が買い物する狭い路地店だ。

公設市場のある通りは観光客が沢山歩くようになったのでお土産屋ばかりになってしまったが、その日入っていった裏の道には地元の人のための商品を置いた小さな店がずらりとならんでいて、店の人は路地に出て日陰の下でもっぱらよもやま話に興じている。それでも八百屋のおばさんはお喋《しゃべ》りしながら大きな袋に入ったモヤシの髭根《ひげね》をずっと取り続けているし、小間物屋のおばさんはほつれた糸玉を器用に巻き直しながらのお喋りで、ときおり客が自分の店にくると、隣の店のひとに「ちょっとわたしのかわりに相手しておってよお」などと言っているのであった。

わたしたち取材チームはこの土地で「てんぷら」と呼んでいるいろんなものの揚げ物

屋さんに取材した。ちょうど「いんげん」を揚げたところで「仕事なんかいいからまあこれを食べてみなさい」などと言って店のおばさんは我々スタッフ全員に「いんげんの揚げたて」などをくれるので、それを食べおわるまでは仕事ができなかったりするのだった。

そのあと、話にはきいていたが本物はどんなものなのか見当のつかなかった「エイサー」の練習風景を見にいくこともできた。あと二カ月後に本番がはじまるのだが、地区ごとにもう熱心な練習が始まっていた。抱えた太鼓を、踊りながら力一杯、まわりのものと調子を合わせて叩《たた》いて踊る。

力とやる気と調和が要求される荒技であった。まつりの本番は青年たちが主役になるが、その日は時間が早かったので数人の若い職人ふうの青年がリーダーになって、小中学生に太鼓叩きを教えていた。

まつりの当日になると通称「年金通り」という飲み屋街で夜の十二時から三つの町内の大勢のエイサー隊がぶつかりあい、壮絶な太鼓と踊り技の競い合いになるという。わたしはその練習風景だけでもう感激し、ラジオのスタッフに頼んでその祭りのクライマックスのときにもう一度来たい、という話をした。

全部で五箇所の現場録音とインタビューをして、最後の場所でちょうど日が暮れた。

プロデューサーの喜屋武《きゃん》正行さんが「私の自宅の近くですのでちょっと寄っていってくれませんか」とやや済まなそうな顔をして言った。そこで取材チーム全員、どかどかと喜屋武さんのお宅に行った。沖縄独特のコンクリートづくりの大きな家で、二階に二十畳ぐらいのスペースのテラスがあった。そこになんと生ビールのサーバーがおいてあり、テラスに面した居間には沖縄のうまそうな御馳走《ごちそう》が並んでいた。

「まあ、この番組がはじまったばかりなのでシーナさんに沖縄の家庭料理を食べてもらえれば、と思いまして」

やや照れくさそうに喜屋武さんが言った。テーブルの上にはミーバイ（ハタ）の刺身、苦菜のあえ物、ラフテーの味噌煮、軟骨ソーキの醤油煮《しょうゆに》、んむくじぷっとぅるー、それにフーチバジューシーやソーメンチャンプルー、サーターアンダギーなど、沖縄の本物の家庭料理が山になっている。

ブチクンの炎天下の仕事だったので喉《のど》が渇いている。したがってまずはよく冷えたビール。こんなに感動的、理想的なもてなしはなかった。

「ちょうど自宅の近くで終わったので」と喜屋武さんは言っていたが、ちゃんとそのように予定を組んでこの御馳走を誂《あつら》えてくれていたのだ。

まずは一同シアワセな顔をして生ビールの乾杯。沖縄というのはどこに行ってもこういう心の温かさに触れあえる土地なのだ。

ここちのいい時間を過ごし、その夜は「ザ・ナハテラス」というホテルに向かった。聞いたことがない名前だったが、タクシーがつけてくれたところはよく知っている建物だった。以前「パレスオンザヒル」といっていた。

その頃は那覇の宿泊というとよくそこに泊まっていたのだが、少々高級すぎて結婚式ついでのカップルとか、金持ちの観光客に相応《ふさわ》しいホテルで、わたしのようにたいてい泡盛《あわもり》に酔ってベッドに倒れこむだけの宿泊ではもったいないし申し訳ないような気分だったから、今ではもっと都心の小さなホテルに換えてしまっていたのだった。その夜はわたしを翌日招待してくれる組織がそのホテルを予約してくれたようで、なんともこれもまた申し訳ない展開であった。

通された部屋からは懐かしい風景が見えた。階は違うかも知れないが、方角からみてもしかすると以前泊まった部屋と同じかも知れない、と思った。

オンザヒル、というくらいだから丘の上に建っていて、その部屋からは那覇の街やその先の海が一望できる。

十五年前、わたしは石垣島の白保《しらほ》で映画を作っていて四十日間の撮影がおわり、東京に帰る前に那覇に立ち寄り、このホテルで一泊したことがあった。そのとき、疲れ切った体とそれとは逆にまだ高速度で回転しているエンジンのような、気持ちの猛《たけ》りとのかけちがいを調整するような気分で一人でその風景を前にビールを飲んでいたのだった。

「たぶんここはあのときと同じ部屋だ」

わたしは声にこそ出さなかったけれど、心のうちでそう呟《つぶや》く気分だった。当時わたしはまだ四十代の半ばで、百人ほどの映画づくりのスタッフたちと毎日タタカイのような日々を過ごしていた。もしかすると人生の中で一番燃焼していた時代かも知れなかった。仕事上のことで意見がぶつかりあってもう少しで殴り合いの喧嘩《けんか》になりそうなこともたびたびあった。やるならやってやるぞ、とわたしは熱風の中でシャツを脱ぎ、本当の意味で裸になってその相手と向かいあったりしたものだ。照明担当の男が意図的にすぐに難癖をつけるのに辟易《へきえき》していたのだ。ロケが終わるまでにこいつと絶対殴り合いで決着をつけよう、と決めていた。一対一の喧嘩なら絶対に負けない自信があった。

——あの頃なんであんなにシャカリキになっていたのだろうなあ。

ふいにあの日と同じように冷蔵庫の中から冷たいオリオンビールを出して、窓の外を眺めながらそう思った。それからおかしくなって一人で笑った。こういうのが本当の「思い出し笑い」というやつなのだろうな、と思った。

翌日やや寝坊をした。丘の上のホテルから見るよく晴れた那覇の街は、朝の強い陽光が街のいたるところを容赦《ようしゃ》なく突き刺しているようで、どこもかしこも白くはじけているように見えた。

部屋の中は空調が効いているから実感できないが、街の暑さが目で見てわかるようだった。街全体が早くも「ブチクン」しているのだ。

遅い朝食を食べ、一時間ほど原稿を読む仕事をしていると、迎えの人からの内線電話があった。その日は国頭村《くにがみそん》で大勢の人に話をするという仕事があった。

ロビーに出ると実直そうな顔をした『沖縄タイムス』の記者がクールビズのまさしく涼しそうなシャツを着て待っていた。

その人の運転するクルマで国頭村にむかった。高速道路をとばしても二時間はかかるという。こういう時間のために用意してきたものがあった。今年からある出版社の「ノンフィクション賞」の選考委員をやることになり、その賞の候補の原稿をあと二週間のうちに読まなければならなかった。候補作品は五編あってみんな四百字詰め原稿用紙五百枚ぐらいの分量があったから五冊の本を読むのと同じだった。

こういう仕事は不思議と重なるもので、その一週間あとには「ファンタジィやSF系」の文学賞の選考会があり、そっちのほうの候補作も同じくらいの分量があった。

わたしがこの旅で読み切ろうと持ってきたのは沖縄を舞台にした人物評伝で、糸満《いとまん》の厳しい環境下で成長し、やがて数百人の漁師を配下にした大漁業船団をつくり「沖縄の女親分」となった女傑の一代記であった。

その日の午前中から読みだしたのだが、なぜこっちにくる飛行機の中で読み始めなかったのかと悔いるような素晴らしく痛快でしかも深みのある作品であった。クーラーの効いたクルマのなかで没頭しているうちに最初の目的地に着いた。そこで別のクルマに乗り換えるという。国頭村役場の大城さんと国頭ツーリズム協会の山川さんが、強烈な太陽の下、人のいい笑顔で待っていた。新しいクルマで次の目的地にむかう。

わたしは事前に何も予定は聞いていなかったので実はそこからどこに行くのかまるでわかっていなかった。午後二時から始まる辺土名《へんとな》小学校での講演会までまだ二時間近くある。とにかく主催者に身をまかせていたらいいのだろうと判断した。

乗り換えたクルマは小型の四輪駆動車で、なるほどそこからいきなり山道に入って行った。沖縄もここまで北にくると海からちょっと山側に入れば鬱蒼《うっそう》とした熱帯雨林地帯のようになる。つまり南島のジャングルだ。いっぺんに山の緑が増して、濃厚な熱気と大気が充満しているようだ。小型の四輪駆動車は斜面に沿っていく山道をくねくね登り、やがて「こんな山の中によくこんな建物が」と驚くような立派な集会所のようなところに着いた。

那覇からわたしをここまで連れてきてくれた沖縄タイムスの記者が「昨日下見にきたときにこのあたりでウリボウを見たんですよ」と言って携帯電話の動画記録を見せてくれた。本当にすぐそばを縞々《しましま》のきれいな猪《いのしし》の子供がひょこひょこ走っているところが映っていた。

集会所の中には中年の女性が二人いて、いましがたまで料理を作っていたようだった。その段階ではじめてわかったのだがその場所でみんなで昼食をとろうという予定になっていたのだった。

クーラーを入れなくてもここちのいい風の入ってくる清潔そうな集会所の端にすでに料理の支度がしてあり、そこにはまた前日の喜屋武邸とは少しちがうその土地の珍しい料理がいっぱい並んでいた。

フーチバをつかったあえ物、地元で作っている茶そば、猪の肉、ナーベラ（へちま）の料理、けさがた海人《うみんちゅ》にとってきてもらったばかりというウニ。そのほかわたしの知らない沖縄料理がいっぱいあった。

聞いてみるとこれらはわたしのためにみんなで用意してくれたものであるという。昨夜にひき続いてまたもやわたしは沖縄の人々の温かいこころ根に触れることになったのだった。わたしはそれならば、と遠慮をせずにどんどん食べさせてもらった。

みんな地のもので作った料理で、どれも新鮮でおいしかった。

講演会場になった辺土名小学校の体育館には沢山の人が集まっていた。人口五千人程度の村だから会場に集まっている人の数にびっくりした。冷房のない体育館の中に大勢の人が集まっているのだから並の暑さではない。みんなセンスやウチワを使っているので会場全体がヒラヒラとめまぐるしく動いていた。

主催者代表の、朴訥ながら気持ちのこもった挨拶《あいさつ》と紹介のあとにわたしは体育館のステージに出ていった。

その日のテーマは「自然環境の変化と環境破壊についてどう考えていったらいいか」というようなものだった。そのことについては日頃からいろいろ考えていたし、本にも書いていたのでそれに沿った話はできるつもりだったが、そのことを考える前に「異文化」によるモノの見方や考え方の違いについて少し感じていることを話しておきたかった。

わたしはそこで、導入部としてさきほど食べた「ナーベラ＝へちま」の話をした。それはわたし自身が初期の頃に沖縄に来て感じた「異文化遭遇」のひとつの体験的事例だった。

沖縄ではおいしい食材である「へちま」はヤマト（内地＝本土）では食材ではなく中

身の繊維をたわしのようにして風呂などで使う。沖縄の人はそう聞くと驚くし、ヤマトの人は「へちま」を食べるというと驚く。同じ日本でも同じものでこんなふうに使いかたや解釈がまったく違うものがあるように、視野を世界に広げるともっととてつもないことになる。

わたしはその日、そんなふうなことから話をはじめていった。暑い日だったので二年前に集中して行った零下四十度の北極圏の話からはじめることにした。そこに住む人々が生のアザラシを主食にしていること。それは北緯六十七度から北になると森林限界をすぎているので肉を焼いて食べたくても燃やす燃料がない、ということにも関係していること。そんなふうにしてこのところの旅で感じていたことの具体的な話をいろいろつなげていった。

沖縄は豊かで貴重な自然に囲まれているところだけれど、米軍の基地や本土からの観光産業の進出などによってまさにいいように海や大地を蹂躪《じゅうりん》されているといってよかった。わたしは会場の熱気と自分の中の熱気で汗まみれになって話を続けた。会場中がセンスやウチワで絶えずヒラヒラしていてそれで目が回りそうになったが、なんとか気持ちを落ちつかせ、九十分の長丁場をこなした。最後に質問があった。

「世界でいちばん環境問題で注意すべき国は？」というような質問だった。わたしはすぐに「中国とアメリカ」をあげた。どちらもよく行く国である。中国は川に平気で水銀を流し、伐採しつくして岩だらけになった山に、遠くから緑の山と見えるように緑色のペンキを塗るような国になっている。

アメリカはこれまで仕掛けてきた戦争でその国の自然も環境もなにもかも全部壊しまくっている国だ。モラル欠如と戦争による破壊についてわたしはまたさらに大量の汗をかきながら話し続けた。やさしいこころ根の沖縄の人々はみんな熱心に聞いてくれたようでわたしは顔や首筋の汗を拭《ぬぐ》って話を終え、深くお辞儀をしてステージから下がった。屋外に出ても陽光はまったく衰えず「ブチクン」は続いていた。

空港にむかうタクシーのなかでわたしはまた沖縄を舞台にしたノンフィクションの原稿にのめり込み、東京への最終便を待つあいだも待合室でそれを読み続けた。

翌日は『小説新潮』で連載しているルポの取材日だった。日本中の評判の麺類を食ってその実力度合いを体験する「麺の甲子園」というシリーズものの最後の取材は東京エリアだった。

自宅からタクシーで待ち合わせ場所の高田馬場に行った。十年ぶりぐらいにいく街だろうか。いつもの四人の取材メンバーが退屈顔で待っていた。十五分ほど待ち合わせ時刻から遅れてしまったのだ。

神田川沿いの、行列のできる繁盛ラーメン店に行くとまだ昼にはだいぶ時間があるというのに本当に行列ができていた。学生やサラリーマンふうが多いようだった。行列を作ってまでラーメンを食うというのは嫌だったけれど、こういう取材でないとできないことでもあるからかえってそれを楽しむことにした。

行列にいるとはたしてそこはどのくらいうまいのだろうか、という期待感が募る。三十分ほど待ってようやくカウンター席があいた。

つけ麺が売りものの店でもの凄《すご》い麺の量だった。まあこういうものの味というのは人それぞれなのだろうけれど、期待を裏切ってわたしにはおそろしくまずかった。炭水化物のかたまりを、脂まじりのぬるいスープで食べるという最悪の食いものなのでびっくりした。どうしてこんなものに人々が行列をつくるのか理解できなかった。でもまあそういうことを体験して、食いもの屋にできる行列について考える話は書けそうだった。

食いもの屋の行列はよその国ではあまり見ない。記憶にあるのは国交回復して間もない頃の中国の大衆食堂の行列と、まだソ連といった頃のロシアの食堂だった。どちらも飢えた大衆の数に比べて食堂の数が圧倒的に少ない、という共通したものがあった。

最近ではメコン川の流域でビーフンを使ったフーティウやフォーと呼ばれる繁盛する

麺屋の記憶があるが、暑い国の人々は炎天下に行列をつくってまで繁盛店には並ばない。その近くに同じくらいのレベルの店がいっぱいあるからだ。アメリカ人も人気のハンバーガーショップなどに行列はつくらない。日本にはありあまる食堂があるのに行列ができる。行列を作るのが好きな国民性というのがあるのかも知れない。

そのあと六本木ヒルズにある高くて有名な日本蕎麦の店に行った。洒落《しゃれ》すぎて国籍不明の造作になってしまった店のようで、いちばん安い千二百六十円のもりそばを食べる。箸を上下して四、五回でもうなくなってしまう冗談のように量の少ない店で、さっきの大量脂まみれの店とまた違って解釈の難しい店だった。

六本木ヒルズまでは自宅からタクシーで十分ぐらいで着いてしまうのにこれまで一度も来なかった理由のひとつがわかったような気がした。次に行った京浜急行線の近くにあるラーメン屋も行列で、ここには太った人がやたらに多く、流行《はや》りのメタボリックシンドロームの見本のようだった。行列は店の絶対的な宣伝効果というけれど、太った人の行列はその因果関係を証明しているようでこれでは逆宣伝になるような気がした。

アキハバラにも行った。正確には秋葉原だが、いまはカタカナ表現のほうが感覚的に正しいらしい。アキハバラに行くのも十五年ぶりぐらいだった。この麺を食べる連載の「東京編」は懐かしの東京あちこち再訪の小さな旅でもあった。

アキハバラに来たのはラーメンの缶詰を売っている自動販売機があるからという理由だったが、行ってみると全部売り切れていた。なんだかそれも不気味な感じがした。

銀座寄りの京橋には行列のできるスパゲティ屋があって、ここもとにかく盛りが凄い。若い娘やカップルも多く、みんな大盛り級を食べている。ひとつの種類のものを満腹するまで食べる、というのがいまの街角飲食店の基本のひとつであるらしい、と解釈した。

おしなべて東京にはヘンな店が多いな、と思ったが浅草の雷門ちかくの老舗《しにせ》の蕎麦屋のもりそばが安くて早くてうまかった。歴史とか伝統、そして本物の「粋」というものに体で触れたような気がした。

二日間で結局十店ぐらいを取材した。もちろん全部食べるわけではなく、わたしには限界だったので味を確かめてあとは申し訳ないが残してしまうことが多かった。店の人に残してしまう理由を言う場合とそうでない場合があった。雷門の蕎麦屋のように文句なく全部食べてしまう店もあった。

二日目の夜に一年半にわたる日本列島の取材終了のお疲れさま会をいつもいく新宿の居酒屋でやった。生ビールを飲んだがもう満腹で、誰も肴《さかな》を注文しないのがおかしかった。

山の上の家

この夏は久しぶりに北海道にある山の上のカクレガにいこう、ということになった。小樽からクルマで三十分ほど行った海べりの町にわが隠れ家がある。そこから先はシャコタン半島になり、先端はカムイ岬だ。本州の感覚でいうとなかなかの奥地である。いずれ東京を離れて北の小さな町に住もうという漠然とした夢が若い頃にあったので、十数年前に雑木の繁る山をふたつ買った。そのうちの小さなほうの山のてっぺんをすこし平らにして家を建てた。大きな山はてっぺんにマムシが棲《す》んでいるというので冬しか登ったことがない。冬だとノルディックスキーを履いていけるからマムシも雪の下だし、なんのその、というわけだ。とりあえずは自分の山なので、つかのまお山の大将になった気分にはなる。

土地を選んだのはわたしだったが、その家を設計し、建築中もたびたびその町の宿に泊まって普請工事に立ち会っていたのは妻で、わたしは十三年前のその日、出来上がったばかりの山の上の家をいきなり見たのだった。

　木造で、けっこう広めの地下と小さなロフトのついた二階だての家で、どの部屋の窓からも石狩湾が見えた。山の上だから夜になると町の明かりが手頃な夜景になる。家のまわりは北の国の灌木《かんぼく》が密集し、南側に大きな栗とクルミの樹があった。隣は果樹農園の山で一面のサクランボ畑だった。季節になると小さな赤い実がぎっしり並んで可愛らしく美しい。

　わたしは一目でその山の上の家が気にいった。そうして春と夏と秋と冬の四季をひとおり一週間ぐらいずつそこで過ごした。どの季節も風景が違い、東京とはだいぶ異なった魚が手に入った。早いうちに東京から居住の本拠地を移していこう、と考えていた。けれど予定ではじわじわ減らしていくはずの仕事が、いろいろなしがらみで、簡単に整理することもできず、逆に海外への旅の仕事などが増えてしまったりして結局十三年たっても本格的な移住というのができずに今日まできてしまったのだった。

　独りでこもって一定時期、まとまった仕事をその家でやる、ということも幾度か考えたが、いつも逡巡《しゅんじゅん》するのは、その家の使い勝手が複雑すぎてわたし一人ではとても手におえず、妻がいないと水や湯ひとつ出せないことだった。北海道の住宅は、冬のあいだ長期の留守にするとき、家の水回りのメンテナンスが複雑をきわめる。凍結予防のための「水抜き」などは、単に水路のことだけでなく、少しでも水の溜《た》まるところには不凍液などを入れなければならず、それらのいろいろな手続きを考えてみるだけでわたしはあっさりギブアップしてしまうのだった。いきおいわたしのスケジュールがある程度あいても、その時期妻のほうがまとまった時間がとれないとわたしの山籠《やまご》もり作戦は却下ということになるのだった。そんなこともあってこの夏に行ったときはついに二年ぶりとなってしまったのだ。

妻のチベットの友人の娘がわたしたちに同行した。名前はペナという。日本語学校に留学していて初めての夏休みを迎えていたのだが帰国はせず、わたしの家に寄宿していた。東京がすさまじい猛暑になりつつあるときだった。

空港の近くでレンタカーを借り、札幌から小樽までの高速道路をいく。夏休みでどこもまんべんなく混雑していたが、借りたクルマに乗ってようやく静かな空間になった。何度も来ているのでよく知っている筈《はず》の千歳から札幌までの高速道路も二年ぶりとなるとどことなく変わっていた。でもそれもチベットと比べると変化が少ないほうだった。チベットのラサは中国全体の超スピードの変革政策もあって、半年もしないうちに街々の風景が変わってしまい、二年もするとそこの場所の以前の風景がさっぱり思い出せない、ということをわたしはほんの少し前に体験していたのだった。

日本語学校へ入学して半年のペナは、日常の基本的な会話はできるようになっていたが、込み入った話は無理だった。後部座席で初めて見る日本の北の風景を興味深そうに眺めていたがずっと黙ったきりであった。

いつもよりもいちだんと暑い夏で、関東地方では日中気温が三十八度を超すところも出てきていた。北海道にいけばそれもなんとかなるだろう、と思っていたが期待したほどには涼しい風は吹いておらず、はからずもクルマのクーラーをいれなければならなかった。そんなことは北海道では初めてのことだった。目の前に広がっているのは、すきとおった青空にはほど遠く、ゆっくり流れるひくい雲にもはっきりした輪郭がなかった。

高速道路は小樽までで、あとは一般道路になる。しばらくは本州とさほど変わらない道ぞいの風景だが、小樽から十五分ほど走ったあたりで右側にいきなり海が開けるようになる。この風景を見るためにさしあたって半日ほどの時間をかけてやってきたんだからな、おーい、とわたしは言う。誰に対してということもないが、まあ海に向かってだ。

実際どの季節を問わずこの風景にむきあうとやっぱり自分はこの土地が好きなんだな、と思う。この町の山の上に家を造って十年ほどたち、移住計画が具体的にならなかった頃、山の上の家も土地も手放してしまおうか、と何度か妻と話したことがある。けれどさりとてさしせまって手放さなければならない理由もなく、曖昧《あいまい》なままできてしまったが曖昧にしていてよかったのだ、と思った。それが「半日かけてやってきたんだからな、おーい」という気分につながるのだった。

家に行くまえに買い物がいろいろある。なにしろ二年ぶりなのだから当座の食べものを買っていかなければならない。目的の地に入る手前に忍路《おしょろ》というひびきのいい名前の町があって、その町に接する小さな半島の付け根のあたりにパン屋さんがあった。自分のところで焼いていておいしいと評判で、札幌あたりのホテルやレストランからも仕入れにくるという。まずはそこに寄っていくことになったが「なんとなく」の予想はあたってその日は定休日であった。以前にもそんなことがあったのだ。

パン屋さんには明日改めて来ることにしてでは次にスーパーへ、ということになった。人口二万人ぐらいの町にちょうどいいくらいの駐車場を持ったスーパーは以前とは店名が違っていた。経営体が変わってしまったのだろう。妻とペナが買い物にいき、わたしはクルマのラジオで高校野球の実況放送を聞いていた。カン高い声のアナウンサーは試合がいい展開になるとてつもない早口になって何を言っているのかさっぱりわからない。頭のなかに選手の配置ぐあいなどを思い浮かべてぼんやり聞いているうちに居眠りをしてしまった。このところ東京の暑さで夜更けに目覚めてしまうことが多く、そうなるともう寝られず、仕方なく原稿を書いている日が多かった。おかげで仕事は進んだが慢性的な寝不足になっていた。

スーパーでの基本的な食材の買い物が済むと魚屋さんに寄る。この町にはまだ独立したむかしふうの「魚屋さん」が何軒かあって、馴染みの店はいつもイキのいいとれたての魚を安く売っているのでさっきのパン屋さんのように遠くの町から買い物にやってくる人も多かった。久しぶりに顔を出したので店主はびっくりしていた。

「もう忘れてしまったのかと思いましたよ」店主はきっぱり二年ぶんいい歳《とし》のとりかたをした顔で気持ちよく笑った。奥さんは数年前とあまり変わらず、息子は逞《たくま》しくなって、親父のいい跡継ぎの気配を漂わせていた。

中型のヒラメ一匹と、とれたてのウニを買った。ウニは赤い身と白い身の二種類あった。どちらもひきしまっていてこの暑さのなかでも形がきちんと整っている。妻はたぶんペナにそれを食べさせようとしているのだ。

その店からわたしたちの山の上の家まで十分ほどだった。幹線道路をまがって私道に入る。緩いラセン状の道を上がっていくといきなり見慣れないものに出会った。ウミネコの大群だった。それが隠れ家のまわりの草の斜面にいっぱいいて、坂道を登っていくわたしたちのクルマをみんなしてうろんな目つきで眺めているのだ。

「ありゃりゃ」

山の裏はもう海だが常にウミネコがいるのは漁港である。そこまではせいぜい二キロ程度だったからウミネコが飛んできてもおかしくはないが、こんなに沢山のウミネコがいる風景は初めてだった。ウミネコではなくカラスだったら話はわかる。家のまわりはサクランボの木がいっぱい並んでいたからカラスが果樹農園の悩みのタネであったのだ。いまはそのサクランボの木にウミネコがとまっている。

家の中は長いあいだ閉め切っていたので膨張したような空気と埃《ほこり》っぽい匂いがした。三人で手分けしてすぐに家中の窓をあける。わたしが担当した二階の窓は何箇所かガタついているところがあった。冬は雪に埋まり、春は海からの強風に晒《さら》される。一度季節風の強い時期に来て、家ごと風に倒されるのではないか、と不安になったことがある。文字通りそういう「風雪十三年」に耐えてきたのだから多少ガタつくのも無理もないところだった。

妻は水回りの回復作業をする。これがわたしにはとうてい理解できない複雑作業なのだった。わたしはやっかいな記憶しかない「電気温水器」の起動を試みる。電話ボックスぐらいの大きさの円筒で、そこに水を溜めて深夜電力でわかすのだが、この運転説明書の「手順」がわたしにはなかなか理解できないのだった。書いてある言葉が難しい。どんな機具でも専門家が書く説明書は、一般の人にわざと理解できない言葉の使いかたをしてわからなくさせようとしているに違いない、とかねてから疑っていたがその代表選手のような難解な説明文だった。

「ありゃあ!」台所で妻の嘆く声がする。ガスの火がつかないという。わたしは別棟のガレージハウスにあるプロパンガスのボンベ置き場に走り、そこを点検する。すべての説明書を読み、いろいろあちこちにあるコックを回したり逆回転させたりするが、やはり火はつかない。ガスコンロなんて簡単な仕組みだろうにどうしても駄目なのだ。やはり「風雪十三年」はタダモノではないのだ。

解決の糸口がみつからないままもう一方の未解決に戻る。しかし深夜電力による温水器のほうはギブアップにちかい状態だった。北の国の山の上だというのにすでに滝の汗だ。なんてこっただ。このままでは今夜のめしがどうなるかわからない。

給湯はガス湯沸器があるので急場はしのげるという。やはり問題はガスコンロだ。ここを施工した工務店やガス配達の店に電話したがお盆休みなのかどこもでない。あるいは二年のあいだに店が無くなってしまったのかもしれない。改めてガスボンベを確かめるが大型ボンベは二本ともマンタンのようだった。

結局最初の夜はガスコンロが使えないので地下室に置いてあったカートリッジ式の簡易ガスコンロで簡単なスープを作り、加熱する必要のない料理で凌《しの》ぐことになった。こうなるとヒラメの刺し身とウニがものをいう。めあてのパン屋では買えなかったがスーパーで少しだけ買っていたパンにこのウニをのせて食べると思いがけず素晴らしい味だった。

夜になっても北の山の上の家は熱気がこもっていた。

こんなはずじゃないのに。

わたしと妻はあまり納得がいかなかった。

ペナは「ウニがおいしい」と言ってウニパンをけっこう真剣に納得して食べている。

寝不足に加えて夕方のドタバタによる疲労のためか十時には寝てしまった。ペナは最初ガレージハウスの二階の部屋に寝たが、夜中に怖くなって母屋に移ってきた。屋根の上に何かいる、と言っていたらしい。ウミネコは夜中もやってくるのだろうか。

わたしは三時頃に汗だらけで目がさめた。冷蔵庫に行ってなにか冷たいお茶でもないか、と探したが牛乳しかなかった。久しく飲まないシロモノだったが、そいつがすこぶるうまかった。けれどそれによってすっかり目がさめてしまい、結局眠るのを諦《あきら》めて原稿仕事になってしまった。東京にいても山の上の家にきてもわたしの行動は何もかわらないのだった。

北の家には最初からクーラーなど設置していないから熱帯夜になると始末が悪いのだ。明け方の四時頃に海岸のほうで花火があがっているのが見えた。昨日くるときに海岸にいっぱい張られたテントを思いだした。その中のろくでもない連中が花火をあげているとしたらまわりのキャンパーは叱《しか》りつけなければならないだろうなあ。などとどうでもいいことをぼんやり考える。

五時には黎明《れいめい》となった。窓ばかりの部屋なのでこの時間はえらく贅沢《ぜいたく》な風景になる。仕事のすすみぐあいは悪く、結局また寝不足なのだ。しかも今回は休暇のつもりで来ている。だからこんなに早朝から仕事をする必要はないのだ。なんのかんのと自分に釈明しながらまたもや一階の冷蔵庫に行って「サッポロクラシック」の缶をひとつ持ってきた。少しブルーがかったグラスに一缶ぶん注いでぐいと飲んだ。昨夜《ゆうべ》の疲労満載で飲んだクタクタ状態ビールも悪くなかったが、早朝のビールはわたしの体のなかのひとつひとつの細胞にしみ込んでいくようでしみじみうまい。一缶のつもりが三缶になっていて、気がついたら椅子にもたれて眠っていた。

「アサゴハンできました」

ペナが呼びにきてそれで目がさめた。窓の広い部屋に太陽の鋭い光がまるまる差し込んでいてすさまじいことになっていた。

午前中にガス屋さんが来てくれた。北海道の人は親切で、わたしの家にガスボンベを納入している店ではなく、配管整備をしている会社の人が来てくれたのだった。けれど専門家が来てもガスはつかず、原因はなかなかわからない。

一時間ほどの奮闘の後、ようやく火がついた。原因はガスボンベの置いてあるガレージハウスから母屋までの距離がけっこうあるので、その間をつなぐガス管に空気が溜まっていたのだろう、ということになった。配管工事の人が言うので説得力があるような気がしたが、前例はなく、たぶんそんな気がする、というだけで結局はっきりしたことは何もわからないのだった。

それから一時間程あとに電気温水器の施工会社の人がきたがこっちも難航し、困ったことにこれも原因がよくわからないままなんとか湯が普通に出るようになった。生活する者としてはとにかくそれで有り難いのだが、今度来るとき、もしかするとまたこれの繰り返しになるのかと思うと釈然とはしなかった。

午後からは普通の生活ができるようになったが結局わたしはそのあと呆然《ぼうぜん》としてテレビの高校野球ばかり見ていた。窓を全開し、天井に二基ある扇風機を回し続け、ビールの誘惑とタタカイながらだった。休暇なんだからおおらかに飲んで定番の「真夏のビール高校野球親父」となっていってもいいのだが、夕食になる前に飲んでしまうとパン屋をはじめとしたその日の買い物が酔っぱらい運転になってしまう。けれど母屋のなかで終日ぼんやりしていたのでウミネコは午後に漁港のほうから飛来してくる、ということがわかった。

次の日、妻とペナは富良野《ふらの》にでかけた。わたしの役目は彼女らを朝がた駅に送っていって夕方迎えにいく、ということだけだった。

午前中は季刊雑誌の連載の最終回を書く仕事に取り組んだ。取り組むなどとは大袈裟《おおげさ》な話だが、都合二日続いた呆然とした日々から普段の原稿仕事モードに入るのはなかなか大変なのだった。しかもその連載はジュール・ヴェルヌの名作『十五少年漂流記』のモデルとなった島を探すという四年前の厄介な旅の話で、わたしはマゼラン海峡にある無人島に行ってからその足でニュージーランドにあるチャタム島という小さな島に行く、という大変ご苦労さまなことをしていたのだった。

原稿を書くときは思考を四年前のその旅の風景に戻していく。その意味では部屋の窓から海が見えるその環境は東京の家よりはずっといい筈だった。しかし目の前のそれは、暗い霧につつまれたマゼラン海峡の海とは随分ようすが違っていて、午後に飛来したウミネコたちの輪郭の赤い、いかにも猜疑心《さいぎしん》の強そうなマバタキのない目を見てもあまり筆が触発されるということはなかった。

お昼ごはんは自分でなにか作ってください、と言われていたが、それはかえって楽しみなことのひとつでもあった。中国の成都《せいと》までペナを迎えに行った妻が、その街で出会った「辣油《ラーユ》蕎麦」というものを食べ、帰国してからその真似をして作り、わが家のニューフェイス料理としてスバヤク定着した。

料理といっても茹《ゆ》で蕎麦に辣油とつけ汁をまぜたものをぶっかけてかき回して食べる、というはなはだ乱暴なものだったが、やってみるとわたしはこの凶悪なものに完全にとりこまれてしまった。さすが辛い四川《しせん》料理の街から仕入れた料理方法である。そしてなによりもこれは作るのが簡単なのでいい。

その日も地下室に行って貯蔵してある土地の蕎麦を一束ひっぱり出してきた。辣油は石垣島の名物土産にもなっている「辺銀《ペンギン》食堂」のものをそのために東京から持ってきていた。

蕎麦は五分で茹であがる。その間に葱《ねぎ》を小口切りにして茶碗半分ぐらいの蕎麦のつけ汁に入れ、さらに主役の辣油を、こんなに入れてオレの人生大丈夫か、と思うぐらいかなり大胆に大量に投入する。茹であがった蕎麦をよく湯切りしてこれを全体にまんべんなくまぜるともうでき上がりだった。

「ああ、やっぱこれはうまいなあ」

わたしは台所のカウンターでしみじみ独り言をいう。ゆっくり飛来しつつあるウミネコどもが庭や屋根の上をトコトコ歩き回っている。日によってトンビも飛来し、ウミネコにまざって歩き回ったりしている。カラスも相変わらず沢山いるが、カラスよりウミネコのほうが強い、ということを発見した。とはいえわたしは次第にヒッチコックの『鳥』をイメージしはじめていた。彼らはおそらくわたしたちがこの山の上の家に二年ぶりにやってくる前からここに集まっていただろうからわたしたちをふらちな闖入者《ちんにゅうしゃ》と思って見ているのに違いないのだ。

午後はもう原稿仕事をする気力もなくなったので部屋の窓から見える漁港に行った。ここもお盆休みのようで漁船は係留され、漁師の姿もみなかった。わずかに釣りの男がいたがリールを巻くこともなく、間もなく簡単に道具をまとめて自転車で行ってしまった。

思ったとおりでいつもこの漁港にくると大量に出会うウミネコがまるでいない。ということは推測したとおりやつらはそっくりわたしの家のまわりに移動してきているのだった。

漁港は海からの風が一定したイキオイで吹いていて気持ちがよかった。堤防のまわりの海の水も思ったよりはきれいだ。フト泳いでみるか、と思った。海の中のほうがさらに気持ちがいいだろう。しかし水泳パンツもなく、発作的なその思いはここでは諦めるしかなかった。

夕方、駅に妻たちを迎えに行った。少し早く着きすぎてしまい、十五分ほど待たなければならなかった。クルマから降りて駅の周りを歩く。こういう田舎の駅は駅前にクルマを自由に止めて歩けるから嬉《うれ》しい。強い日差しはまだ残っていて日除《ひよ》けがほしかった。駅前の小さな公園もどきの場所に痩せた木が四、五本植えてあったが見すぼらしい木で枝葉がほとんどなく、太陽にうちのめされたようになっている。その貧しい植え込みの真ん中にピンクの鳥居がある。一瞬そう思ったのだが、よく見ると違っていて、どういう意味があるのか結婚式の野外会場にあるようなピンク色に塗られたチャペルの柱なのだった。てっぺんにハート形をした飾りものがあり偽のチャペルがこびりついていた。その先にコンクリートづくりの太鼓橋がある。水のない瓢簞池《ひょうたんいけ》があってそばにやはりコンクリートづくりの熊が座っていた。

なにもかもめちゃくちゃでうら寂しいシロモノだった。こういうのをいったい誰がプランニングしてどこのどんな予算で作るのだろうか——ということを暫《しば》く考える。でも考えても何もわからないことだった。こんなものを一切こわして、ここに雑草でもいいから草の緑の場をつくり、大きな枝葉の繁る樹を数本植えただけにしたら随分おしゃれで、しかも実際にいい日除けになるだろうになあ、と思った。

わたしがこの町に定住するのを逡巡したのは町に本屋がないことと、町全体を覆う、このなんともいえない安っぽくて中途半端な田舎くささがあちこちにあってそれが虚《むな》しかったことがある。どうせならもっと本格的に田舎の町になっていればもう少し魅力があるだろうに。

やや疲れた顔をして妻とペナが列車から降りてきた。富良野も同じくらい暑かったという。そういえばその日高校野球を見ているときのニュースで、関東地方のどこかの街で三十九・六度になったと言っていた。家に帰りながら本日の買い物をしていく。魚屋さんにはイキのいいサンマがあった。

夜更けに小さな排気量のバイクの集団がわざと激しく強烈にフカシながらやってくる音で目が覚めた。わたしは最初はラセン状になったこの家までの私道を小型バイクの集団がやってきたのではないか、と思ったのだが、単に私道の下の道路を走り去っていく暴走族なのだった。北の田舎町ではまだそんなガキっぽいことをやっているのである。

時計をみると午前二時だった。喉《のど》が渇いていたので冷蔵庫に行って牛乳を飲む。そんなことをするとまた眠れなくなるぞ、と自分に言うのだが制止できず体が勝手に動いていた。こんな夜更けまで北の家のなかに熱気がたまっているのがなさけない。

町の灯は寝る前に見たときとあまり変わっていなかった。海岸のキャンプ場の連中がこのバイク集団の、ヒトをばかにしたような軽く高い音の大合唱によって全員起きてしまうのではないか、と心配した。夕方妻らを迎えにいくときに見たら彼ら海岸キャンパーたちは夕食の支度をしている最中だった。どこも見事にバーベキューのようだった。いや正確にはジンギスカンなのだろう。キャンパーの殆《ほとん》どがジンギスカンを作っている、というのを写真にとれば楽しいだろうなあ、そうか明日カメラを持って行ってみようか、などと思っているうちに恐れていたとおりになった。すっかり目が覚めてしまったのだ。

この寝苦しい夜更けの静寂を破る蚊とんぼみたいな子供らに腹をたてながら、私は仕方なく百年以上前の『十五少年――』たちの世界にのめりこむことにした。

ニュージーランドのオークランドの港から漂流していった少年たちは、マゼラン海峡のハノーバー島まで流される。実際に見るハノーバー島はごつごつした樹木がいりくんでいて、その先に森林限界をすぎたような岩山が霧の中にけむったりまたおどろに姿をあらわしたりしている。全体に人を寄せつけないような不気味な険しさにみちた島であった。

『十五少年――』の物語の中で漂着したのはこの島だ、とはっきり書いてあるけれど行ってみたら直感でここは違う、と思った。本当のモデルの島はニュージーランドから東に八百六十キロのところにあるチャタム島だった。日付変更線を越えているけれど、国際子午線会議のおりに日付変更線をそこだけ少しずらし、ニュージーランド本島と日付を変えないようにしたという。ひとつの国で日づけが二日にわたってしまうと何かと不便だからである。

その島は日本の佐渡島《さどがしま》ほどもあって内側に島の四分の一のスケールにもなる内海をもっていた。そして飛行機の上から見るその島の地形は『十五少年――』の本の地図に出ている島の地図とそっくりだった。

島にひとつだけあるニュージーランド風民宿で食べたホタテ貝のパイが旨《うま》かった。そんなことを思い出しているうちに空腹になっていることに気がつき、少し迷ったが「ようし」などといって立ち上がった。辣油蕎麦を作ることにしたのである。夜明けの四時近くにそんなものを作っている人も異常なんだろうなあ、と思いながらわたしはあまり大きな音をたてないように四川省の特殊麵製作に入った。

翌日、妻とペナは札幌に住んでいるチベット人のジャンベルラに会いにいった。インドカレーのレストランをやっていて帰りに本格的インドカレーとナンをお土産に持って帰るという。わたしはその人の名前をジャンバラヤと覚えてしまっている。カントリーウェスタンにそういう名の名曲があるからだ。

午前中いっぱい連載原稿を書いていた。ウミネコたちは昼近くになると正確にわたしの家のまわりに集まってきた。一休みして、このあたりの名産であるリンゴジュース「りんごのほっぺ」の冷たいのを飲み、ベランダの上にぎっしり等間隔に並んでいるウミネコの赤い輪郭のある愛嬌のない目などを眺めているとふいに電話が鳴った。古い電話システムなので東京の家のように相手の番号表示は出ないが、誰がかけてきたのか見当がついた。

「じいじい」

思ったとおりサンフランシスコにいる風太くんからだった。

「はいはい」

わたしはじいじいの声で言う。

「どこにいるの？」

それはいつもの基本会話どおりだった。「東京だよ」といつもは答えるのだが正確に「山の上のおうちだよ」とわたしは答えた。

「やまのうえ？」

オウム返しに聞く。

「そうだよ。ウミネコがたくさんいるんだよう」

「ウミネコ？」

「そうだよ」

「ほんをよんだ」

風太くんは話の流れと関係なく、その日いちばん話したかったことをそのあといきなり言った。いつものとおりだ。

「ほん？」

「そ」

「なんのほん？」

「せいめいのれきし」

えっ、と、思ったが黙っていた。それにしてもずいぶん難しい本ではないか。まあ読んだとはいってもおかあさんに読んでもらっただけのことで本人は何もわかっていないのだろう。

「ふーんおもしろかった？」

「そ」

そのあといきなりハッピーバースディの歌になった。誰の誕生日でもない筈だったからだしぬけにかれの頭に浮かんだのだろう。

ガレージハウスの物置に水中メガネとヤスがあったのを思い出し、そいつを持って裏山の奥にある細い道から海に行った。そこは磯になっていて数年前に息子と行ったことがある。まだ風太くんが生まれる前のことだ。

ダイビング用のシューズが見つからなかったのでとがった岩で足を傷つけないように慎重に水の中に入った。観光客やキャンパーなどは誰もこられないところなので好きなように遊ぶことができる。五メートルほどの深さのところにバフンウニがいくつかあった。何度か潜って二十個ほど採ったが、持ってかえるための網がないので帰るときに結局また海に戻した。シロウトがウニを持ってかえっても殻をあけて身にトゲが入らないように上手に掘り出して並べるのはけっこう面倒だし難しいのだ。まあそのぶん涼しかったので満足し、家にかえってシャワーを浴びた。温水器は順調に働いているようだった。

妻から電話があって札幌から戻る時間を連絡してきた。少し早めに山の上の家を出ていつもの魚屋さんに先に行った。その日の魚屋さんおすすめのモノを買っておくように頼まれていたのだ。

イカのいいのが並んでいた。まだ客が少ない時間だったので店主にウミネコの話をした。どうして山の上まで来るようになったのだろうか、という質問である。

答えは簡単だった。わたしの隠れ家のすぐ近くに水産加工場ができて、そこからでる魚介類の余りものを餌に狙《ねら》っているのだろうという。今はお盆で漁港が休みだからなおさら餌不足になっているんですよ、と店主は笑いながら言った。イカにはときおりアニサキスがいるので開いてもらってその点検を頼んだ。それがちゃんとできていたら安心してイカソーメンにできる。

「いつまで居られるんですか？」

店主は聞いた。

「あと三日ほどです」

「いつかもっと長くきてくださいよ。そうだ。もう少しすると、といっても秋口だいぶ入ってですけどね、メジマグロのいいのがここらまで回遊してくるんですよ。津軽海峡をまわってくるんですからね。これがあっさりアブラでたいそう旨いんだわ。それを是非食ってもらいたいですよ」

店の奥に柴犬の子供がのんびりねそべっていた。いかにも賢そうな顔をしている。

「マスコット犬ですね。いい顔をしている」

柴犬は自分のことが話題になっているな、と気がついていて耳をしきりに動かしている。わたしと店主の会話のどのくらいまで理解しているのか知りたいところだった。まだほかの客は来なかったのでバフンウニの殻のむきかたを教えてもらった。店主がやると簡単なものだった。

「ちょちょいのちょぃですわ」

本当にそんなかんじだった。

駅にまわり、また少し待つことになった。全体が疲れ切っているような駅前のチャペルの一角にはその日も誰もいなかった。

わたしはそこに植えるとしたらどんな樹がいいかしばらく考えた。北海道だったらポプラだがあまり芸がない。ちょっと丈は短いけれどサクランボの林を作ったら、サクランボの実る季節にはずいぶん贅沢な風景になるだろうなあ、と思った。

「そうだ！　サクランボがいい。それに決めた」頭の中にその風景を思い描いた。ただし、どうしてもそのまわりにウミネコが沢山とまっているイメージになる。まあしょうがないか。ウミネコとサクランボも北の町では結構似合う絵になるかもしれない。

熱風の下

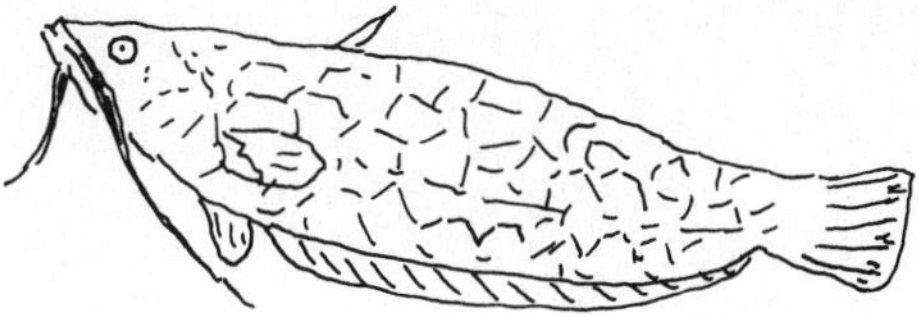

八月の終わり近くに福島県の奥会津《おくあいづ》にむかった。電車で行くルートだと郡山《こおりやま》から会津若松で乗り換え、只見川《ただみがわ》ぞいに単線の二両電車に乗って二時間ほど走り、会津川口という駅で降りる。

駅前に信号があるが、この界隈《かいわい》では信号はこれひとつだけだ。本来なら交通量からいってあまり必要としないのだが小学生の教育のために設置されたらしい。

この山あいの町に三千人ほど住んでいて、多くは農業を営み、谷沿いに集落が点在している。十五年ほど前にわたしはこの町にある山上湖とそれに隣接する集落を舞台に映画を撮影していたことがあり、それが縁で撮影仕事が終わったあとでも毎年のようにこの緑と水の豊かな町にやってくる。

映画の撮影で一番世話になった町役場の企画課長はその後町長となった。その人自身をモデルにして何かの物語を作りたくなるほどその町長は懐かしい個性豊かな人で、わたしは当時のスタッフらともどもその後も長く親交を結ぶようになった。

わたしたちが映画の舞台にした山上湖のまわりにある集落は、緑豊かな山の狭間に家々が軒を並べているので、湖のきわにひっそりと寄りかたまっているように見える。冬はかなりの豪雪となるのでどの家も堅牢《けんろう》な雪囲いをしており、それが風景を引き締めている。溶雪のための流れの速い堀が春から晩秋までいたるところでここちのいい早瀬の音をたて、暖かい季節にはあちこちの家の庭に色とりどりの花が咲き競う。

その花畑にはいくつものカザグルマがあって常に高原の風に忙しそうに回っている。はじめて来たときは花畑に動く彩りを添えるために各家々がカザグルマを回しているのかな、と思ったがそういうのんびりした話ではなく、ここらにはびこるモグラを避けるための単純で効果的な装置であると知って見当ちがいにやや残念な思いもしたが、納得もしたのだった。

カザグルマを回しておくとなぜモグラ避《よ》けになるのか、ということも知った。回るカザグルマの振動が土中深く差し込んである軸を伝わって地中へ微妙な振動を拡散する。モグラはこの振動を嫌ってそのあたりの畑によりつかなくなる、というかわいらしいモグラ避けのメカニズムなのであった。

農家の人々は老人が多く、いかにもひっそりと暮らしていて、日本の慎み深い農村集落の原風景のようになっている。

映画の撮影のために長く滞在しているうちにこの界隈に住む人々と親しくなり、近くの地形や群生する野花、季節の山の幸などのことにも詳しくなり、ある年の夏に十人ほどの仲間を連れてきて、ここで「子供時代のような夏休み合宿」というのをひらいた。

高原にある原っぱで三角ベースの少年野球をやり、全身汗だらけになって木陰にひっくりかえる。青すぎる空に巨大な入道雲が立ち上がり、それを笑うように山じゅうのおびただしい数の蟬《せみ》がなき、這《は》いつくばっていって湧き出る清水を飲み、旅館の息子が作って持ってきてくれた夏野菜のザクザク入ったソーメンを食べる、そういう「日本の正しい夏休み」の疑似体験をして以来、夏のおわりは奥会津、というのがわたしのまわりの仲間たちのキマリゴトになっていったのだった。

今年の夏も、東京から十数人の仲間らとクルマで奥会津にむかった。東京から大体五時間かかる。それもクルマだからその程度でいけるのだが、電車だと新幹線を使っても郡山から磐越西線で只見川ぞいに行く路線はやたらに列車待ち合わせの時間が長く、けっこうな時間になる。

我々は数台のクルマに分乗してそこへ向かった。自動車のルートは途中から二手に分かれる。ずっと高速道路で行くのは運転は楽だがかなりの大回りになる。途中から高速道路を降りて三角形の一辺をいく一般道のコースは途中山越えがあり、風景はいいのだが、それによって時間がかかり、どっちもどっち、ということになる。

わたしは前回来たときに一般道コースのほうでおいしいそば屋があるのを発見したので、同乗の三人にその由を伝え、山越えの道を選んだ。

途中で雨が降ってきた。夏合宿は晴れていないと楽しみが半減するので雨だけは回避したかった。けれど現地に近づいていくにしたがって雨足は強くなっていった。

結局、初日は山の雨に閉ざされる恰好《かっこう》になった。まあそれでも山の中のかなり野趣にとんだ温泉に入れるし、そのあとの酒も状況からいって豪勢だからどっちにしてもこちのいい休暇になっているのだった。

夜には懐かしい山里の人々も大勢集まってきて、外が雨のぶんだけ話や歌などでもりあがった。

親しい友人高橋昇《のぼる》の急な入院の話はその夜更けの電話で知った。知らせてくれたのは岩切だった。我々は互いに古い友人だった。

「腹が痛い、というんで食い過ぎじゃないかと言ったんだ。やつは歳《とし》のわりには食いすぎるからなあ。でもその声がただの腹痛にしてはいやに力がなくて苦しそうなんだ。調べてみたら腹水がたまっていて、それで即座に入院だよ」

岩切の話は簡潔だった。

慈恵医大病院には以前一度行ったことがあるような記憶があったが曖昧《あいまい》だった。日比谷だったように記憶していたがクルマのナビゲーションに電話番号を入力すると新橋と出た。

連日、むっとするような夏の熱気が東京中を覆っていて、熱風に悪意を感じるくらいだった。そういう熱気に負けてクルマのクーラーのスイッチをいれるとき、いつも敗北感のようなものを感じる。

あぶら照りのようにねっとりと路面の光る首都高速をとばして十五分ほどで目的地に着いた。病院の駐車場は満車で、どうやらそれはいつものことのようだった。係員は慣れた口調で近くにある大規模な立体駐車場の場所を教えてくれた。パーキング施設は巨大なビルのようで制服を着た誘導員が何人もいる。車を入れると誘導員がカードを渡してくれてそれで手続き完了だった。

個室であった。娘さんが付き添っていて高橋はウトウトしているようだった。わたしが来たことを知らせるために娘さんが父親を揺り動かす。起こさなくてもいいです、とわたしが言うより先の行動だった。

高橋はうっすらと目をあけ、わたしの顔を見て少し笑おうとしたようだった。けれどどうもそれはうまくいかなかったようだ。思ったよりも容体は悪かった。むかしから冗談好きの男が囁《ささや》くような声で娘に何か言った。体をもう少し起こしてくれ、と言ったようであった。電動式のベッドの上半分がゆっくりせりあがる。

正面をむくとそんなに久しぶりでもないのにびっくりするほどやつれているのがわかった。娘さんに水をもらい、時間をかけてそれを飲んでから彼はようやく何か話をしたが、やはり囁くような声なのでうまくはわからなかった。部屋は空調が効いてちょうどここちのいい温度だったが窓からいかにもじとっとした高曇りの空が見えた。

高橋は腹膜の癌《がん》であった。あまり症例のない癌で、思いがけないほど早くすすみ、それがわかったときはもう手遅れになっていたのだった。

奥会津で映画の撮影をしていたときにも高橋にいろいろ仕事をしてもらった。芸達者な彼がいるといつも座は華やぎ、話下手なわたしなどは彼がいるといつもホッとしていたのだった。

行ってきたばかりの最近の奥会津の話でもしようかと思っていたのだが、そんな空気でもなかった。長い時間応対しているのは疲れるだろうから二十分ほどできりあげ部屋を出たが、あまりの急変でわたしは自分でそれとわかるほど呆然《ぼうぜん》としていた。

それから数度、高橋を見舞った。行くたびに衰弱していくのがわかった。本人は癌のことは知らされてはおらず、わたしと岩切は家族には見えすいた明るい話題をひねりだし、少しでも生きる力を保たせるようにするしかやれることはなかった。

わたしたち三人の共通する痛快な思い出はモンゴルの旅だった。通算すると半年ぐらいは彼と一緒にモンゴルを旅していたことになる。いくつもの場所に強烈な記憶があった。わたしは彼と一緒に一カ月半ほど過ごしたトーラ川のほとりのキャンプのことを思い出し、早く元気を取り戻してまたそこにいこうぜ、とつくろった声で言った。高橋が話の途中で少し笑っているのが見えた。そこで高橋は一メートルぐらいある大きなナマズを十四ほども釣ってきたことがあるのだ。彼はそれを唐揚げにし、一緒の仕事をしていたモンゴル人に御馳走《ごちそう》した。無理やり食べさせられたモンゴル人は最初から最後まで困った顔をしていた。モンゴル人はあまり魚は食べない。ましてナマズなどは食べるものではない、と思っていたはずである。

わたしはその頃の日にやけて高橋自身がモンゴル人になってしまったような顔を思い出していた。「死ぬなよ」とわたしは高橋の横顔を見ながら思った。

「元気になったらまたトーラ川に行こうぜ」

と、わたしは無理やりの笑い顔を作ってそう言った。高橋が丸い顔をあげて少し笑ったようだった。「ぜったい行こうぜ」わたしは言った。「ああ」と高橋は言った。「行こうぜ。約束だぞ」「ああ」と高橋は言った。

九月のはじめに雑誌の取材で富山県の八尾《やつお》に行った。有名な盆おどり「おわら風の盆」の写真撮影とそのありさまをエッセイに書くのがわたしの仕事だった。日本海側のまちに行っても強烈な暑さはあまり変わりがなかった。

高橋の容体は毎日岩切からの電話で聞いた。小さな町に十万人の観光客がやってくるという異常な熱気のなかを、わたしはいくらか不機嫌になって取材仕事をしていた。

主に団体の観光バスで集まってきた群衆は、十一の町でやっている盆踊りを全部見ようとしているので町はいたるところ夜中までどこも雑踏になっていた。ひとつの盆踊りを五時間ぐらい見ている人がざらにいる。同じふりつけの盆踊りをただずっと見ている群衆の気持ちがよくわからなかった。

最終日は朝まで踊りは続き、徹夜で見ていた観光客が始発の電車で帰るのを踊り手らは駅のホームに並んで踊って見送る。それが恒例になっていて、感激して泣きながら帰る観光客もいるという。

それもなんだかピンとこなかった。雑誌の編集者はそういう場面の写真も使いたい、というので別れの踊りつきの列車が三本出ていくのを撮影した。

あらかた終わって駅前広場に突っ立って夜が完全にあけるのを見ているときに岩切からの電話があり、高橋が逝《い》ってしまったことを伝えてくれた。彼はわたしより五歳も若かった。

そうか死んじまったのか。

疲れた体の中でそう思った。

でも彼の人生はけっこう面白かった筈《はず》だよな、とわたしは思った。同じような夜明けにモンゴルで四×五の大判カメラの操作法を彼から叱《しか》られながら教えてもらってた頃の記憶がずしんとよみがえってきた。

草原のカメラの前には口のきけない、とても素直で愛らしい顔をした遊牧民の娘が座っていた。その娘に羊を抱かせて大判カメラで撮るのが高橋から与えられた課題だった。わたしがモタモタして中々構図が決められずにいるあいだに彼は自分のカメラのレリーズを手の中でくねくね踊らせるようにして「クヌヤロクレクレクヌヤロウ！」などとあまり意味のないことを叫びながら、独特の気を惹《ひ》くいいリズムで撮っていた。激しくて面白い動作なので、はじめ緊張していた遊牧民の娘は、じきに高橋のカメラにむかって恥ずかしさと不思議な興味にみちた実にいい顔になってくつろぐようになった。

「どうでぃ。こうやって撮るんでぃ」

　高橋はときおり芝居じみたべらんめえ口調になる。拳骨《げんこつ》を自分の鼻の頭にぐいとなすりつける江戸っ子のしぐさが最後につく。それが出るのは機嫌のいいときだった。

　その三日後に通夜があった。斎場はわたしの家から車で五分ぐらいのところだった。その町に住んで八年目になるがそんなところに大きな斎場があるのをいままで知らずにいたのだった。

　高橋の写っている全紙大の写真が二枚、祭壇の左右に立てられていた。一番愛用していた大判カメラ、リンホフテヒニカにもたれて鋭い目でこっちを睨《にら》んでいる写真が、座ったわたしの目の前にあった。日頃笑わせ好きな彼が笑わない目でわたしを見ていた。まだ結婚まえの彼の二人の娘が揃《そろ》って手をあわせ、嗚咽《おえつ》をこらえきれず小さく震えていた。

　わたしは高橋の写真にむかって「おい、お前はしっかりいい人生だったじゃないかよなあ。けっこうおもしろかったじゃないかよなあ、おい」と必死に伝えた。トーラ川でナマズをもう一度釣る約束は果たせなかったけれど、まあそれでもいい人生だったよなあー。わたしはそんなことを考えながら手を合わせていた。

　僧侶がやってきて全員起立し、それから少し掠《かす》れたような声の長い読経がはじまった。

九月に入っても強烈な暑さは続いていた。わたしは幾つかの原稿仕事を抱えながらまた複数の取材旅をこなしていた。

クルマで行くか電車で行くか迷ったのは栃木県の壬生町《みぶまち》だった。新幹線に乗ると最寄りの駅の小山駅《おやま》まで四十分ほどで着いてしまう。目的地に着いたあとは自分のクルマで動いたほうが楽だったが、このところ昼夜いれかわった生活をしていたので慢性寝不足になっており、四十分でも居眠りをしていけるほうを選んだ。そのかわり寝過ごしてしまうとまずい。とおりかかった女性の車掌さんに「もし居眠りしていたら起こしてくれるサービスはできますか？」と聞いた。

「さあ。そういうことはしていませんので」

まだ二十代と思われる扁平《へんぺい》な顔をしたその若い車掌さんの答えは大体予想したとおりの木でハナをくくったような無機質なものだった。日本の文化はこんなところがいつも寂しい。イレギュラーなことを言われると人間的な反応ができなくなるのだろう。そんな会話をしているうちに残りの時間は三十分を切っていた。列車の中はすいていて、クーラーがきつかったので、降りると東京とかわらない熱風が煩《わずら》わしかった。

駅前に数台のタクシーがとまっていた。駅から降りてきた客は少なく、タクシーに乗ったのはわたし一人のようだった。

「壬生までたのみます」

というと「四十分ぐらいかかりますよ」とかなりの栃木弁で答えた。「派手な観光地でもないからね。あまりここから壬生までの人は乗せないけれどね」運転手は話し好きのようだった。取材仕事だからよかったような面倒なような。

「今はですね、史跡めぐりがいろいろありますよ。暑いけどね。みんな帽子の下にタオルいれて歩き回っていますよ」

運転手は走り出してからずっと喋《しゃべ》っていた。どうも客待ちが長く、すっかり退屈していたようだった。壬生までのルートは単純なようで、道路もすいていた。

「これなら三十分ぐらいかねえ」

ありがたい、と思った。この調子でずっと喋られているのもつらい。

「史跡めぐりのお客さんはまず一里塚を歩きますね。ここはずっと一里塚があるんですよ。ほらあったでしょう」走りすぎていった後ろの風景を言われても確かめようがない。

次に杉並木の話になった。これは走っていく先に現れるので目で見てわかる。

「だけども随分少なくなってしまったですわ。雷にやられてね。雷にあたると杉は縦に割れるからねえ」

人間関係のためにはそこそこの相槌《あいづち》を返していかなければならないだろう。でも本当はそういうのが煩わしい気分だった。

「だからねえ、折角の並木もまばらになってしまったでしょう。これが残念でならなんだわ」

「ほんと。残念ですねえ」

新幹線とタクシーの中でこのところの睡眠不足を補う作戦はそっくり壊滅しつつあった。

途中に「葡萄《ぶどう》、ブルーベリー販売中」の看板があった。道ばたのプレハブ小屋のようなつくりの季節売店のようなところだ。妻がブルーベリーが好きなので帰りに買っていくことにした。

「壬生からの帰りの道もこれを使うんですね。今見た看板に書いてあったブルーベリーを帰りに買っていこうと思ったんだけど」

運転手に聞いた。

「田舎だからね、これしか道はないですよ。まあわたしらはもしここが混んでいたらこまかい回り道を知っているからね。でもおっきな事故でもおこらないかぎりここが渋滞するほど混むことはまずないけどねえ」

それには何も答えようがなかった。

「ここらは葡萄やブルーベリーが盛んなんですか？」

「そうだねえ。今は梨だねえ。豊水。すこし甘ずっぱいの。むかしは桑が盛んで桑御殿とかね、それから干瓢《かんぴょう》がさかんで干瓢御殿なんかが沢山あったけれどいまは駄目だね。みんな外に稼ぎに出るようになったからねえ」

その干瓢の取材にきたのだが、干瓢の話を運転手に聞くとさらに話は長くなりそうだった。

「わたしは四男でね。そのままいけば干瓢屋になるんだったけども中学のときに農家はいやでよそに逃げたですよ」

「逃げた？」

「いや隣の町ですけどね。そこで自動車修理工やってそれで運転のほうにいったわけですよ」

「タクシーですか？」

「そうじゃなくてわたしはむかしトラックの運転やってたからね。トラックさえ乗ればハアどこへでも行ってしまうんですよ。だけど三十年間無事故ですからね。アルミホイールに傷つけたこともないからね。タクシーにかわっても擦り傷ひとつないですよ。なんならお客さんに見てもらってもいいですわ。ホラ吹きかと思われたら嫌だからね」

「いやいやホラ吹いてるなんて思ってませんよ」

慌てて答える。レンタカー屋の係じゃないんだから車をとめてタクシーの車体の点検をしてもしょうがない。どうもこの運転手はどんな方向からものべつ喋ることができるようであった。

目当ての家は富農のようで大きな屋敷だった。お喋りなタクシーの運転手はお喋りなぶんだけあちこち近所に聞いてくれてその家を探してくれたのだった。畑のなくなった町なかはやはり乾いて熱い風が吹いていた。

驚いたのは二時間ほどしてその古い農家から出てきたら、家の前にこのタクシーが待っていたことであった。

もう町の中だから帰りのタクシーは簡単につかまえられそうだったので、金を払って降りたのだが、この運転手はじっとわたしを待っていたようなのである。どう思いだしても「帰りを待っていてくれ」とは一言も言わなかった筈なのだが、帰りにあのブルーベリー屋を、という話が（待っている）キメテになっていたのかも知れない。

わたしははじめてやってきたこの町をすこしぶらぶら歩いて写真でも撮っていこうかな、とも思っていたのだけれど、そうしてブラブラしてもはっきりした当てもないわけだから、諦《あきら》めてそのタクシーに乗ることにした。早く駅に着いたら早い列車に変更できるかもしれない。

運転手は当然のようにして新幹線の小山駅にむかって走り出した。

「さっきの葡萄とブルーベリーの店まで二十五分ぐらいですわ」

運転手が嬉《うれ》しそうに言った。

翌週の水曜日、東京はまだ完全に夏の熱風が渦巻いていた。クルマで千駄ヶ谷にある病院にむかった。年に一度の検診だった。わたしの主治医は精神科医なので、検査といっても最初は神経科に行ってその手続きをする。

高橋の入院していた慈恵医大病院と違ってそこは古びていて何もかも質素なしつらえだった。二十数年前にここではじめて中沢医師と会ったのだ。あのときのわたしの正式な病名はいったいなんだったのだろう、とわたしはときおり当時を思い出すたびにそのことを考える。たぶんありふれた神経症の一種だったのだろう。

その頃、わたしは勝手に腎臓病になっていると思い込んでいたのだ。最初に診てもらった町の医師がヘンに曖昧な対応をしていた、ということもあるのだが、正式には何の病名も言われていないのにわたしは重度の腎臓病だと自分で思いこんでいた。一刻も早く入院したくなり、勝手に入院の支度をしているのを見て、妻がこの病院の神経科に連れてきたのだった。今思えばわたしの思い込みはおそろしく間抜けなバカ話でしかないのだけれど、その頃は本気だった。

わたしはサラリーマンからモノカキに転身するかしないか、の決断に迷っている頃で、家族がいたことでもあるし、自分で気がつかないうちに結構深く悩んでいたのかも知れなかった。

はじめて会った中沢医師はマスクで顔の半分を覆っていた。体の検診は何もせずに、毎日の仕事や生活ぶりを中心に聞いていた。重度の腎臓病なのにどうして体の様子を聞かずにそんなことばかり聞くのだろう、と不思議に思ったものだ。期待した入院はできず「帰りに奥さんとゆっくり寿司でも食べていったらどうですか」などと言われてキツネにつままれたような気持ちで家に帰ったのだった。

以来ここが、わたしに何かあったときの病院になった。しかし幸いなことに今日まで何も深刻なことは起きなかった。

その日、わたしは最近の自分の健康状態について話し、血圧を測ってもらった。ずっと高めだったが、その日の測定ではさらに高くなっていた。とりあえず健康ではあるがこれから注意すべきことはいろいろあるようだった。ずっとたいした問題もなしにきていた高橋があんなことになってしまった今、自分だっていつ何がおきてもおかしくない、という気持ちになっていた。だから普段この病院で定期検診を受けるときのようにパーフェクトな健康など望まなくなっていた。ましてやここ何年も睡眠障害は続いていて精神のバランスはその日によりけりだ。

その日は採尿、採血、心電図、レントゲンという簡単な項目についての検査だった。神経科の待合室はいつも満員である。それだけ神経の疲れた人が日常的にいるということだろう。独り言をずっと言っている若い娘のそばでしきりにカレンダーに文句をつけている中年の男がいた。気持ちはわかる。気にいらないことは世の中にいっぱいあるものなんだ。

週末のたびにどこかに出掛ける用があった。その日は朝八時の東北新幹線で八戸《はちのへ》まで行く。先日の小山も東北新幹線だったけれど、今度はずっと先の終点までいくのだから乗り越しの心配なしに居眠りしていくことができる。そう思うと間抜けなことに妙に目が冴《さ》えてしまった。少し前だったら三時間ほどのこういう列車の旅だったら必ず原稿仕事をしていたものだ。けれどワープロで原稿を書くようになってからは、揺れる列車のなかで文字を書くことができなくなってしまった。揺れるというだけでなく、原稿用紙にペンで文字を書くことが面倒になってしまったのだ。おかげで何日かの宿泊のある旅になると必ず出発前か帰ってからそのしわ寄せがきて逼迫《ひっぱく》状態になる。

今回は旅が終わってからこの原稿を初めとしていくつかの締め切りに悩むことを覚悟しての旅だった。

寝られなくなったので最近いちばん好きなリチャード・モーガンのSFを読んでいくことにした。旅で列車に揺られて読んでいくものでこんなに至福な気持ちになれる本はない。しかし読みだして三十分もしないうちにわたしは座席に深く身を預けて眠り込んでいた。我ながらなんという一貫性のない人間なのだろう、と思わずにいられない。

八戸駅に到着し、列車から降りると期待はまったく大きく覆《くつがえ》され、ここまで来ても東京と変わらない熱風があった。

駅の改札口に政彦君が待っていた。盛岡在住の彼はその日の朝、自宅からここまで車で移動してきたのだ。

彼が副編集長をしている北東北エリアを対象とした雑誌の仕事で今回は八戸あたりをクルマで走りまわってカメラ取材をする、という気楽な仕事だった。

政彦君と会うのも久しぶりだった。彼も高橋のことはよく知っていたので、しばらくそのことの話をした。そして八戸の港町にむかった。

わたしと政彦君のコンビによる取材はかれこれ十年になるが、どこへ行っても基本はまず港町であり、そこの市場だった。八戸の市場は通りに面していて普通でいう商店のような形態をなしている。けれど市場だから昼近いそんな時間では大半が終わっていた。店の前にトロ箱が積まれていてひとつのトロ箱に新鮮なスルメイカが十五ハイ入っている。それで千二百円。店のあるじが腕組みをして客を待っていた。

「買っていかないかね」

わたしたちに言う。

「うーん。ほしいけどねえ。こんなにいっぱい買っていってもねえ」

「そうだよなあ」

店の親父もわかっているのだった。

別の店ではヤナギガレイの一夜干しがやはりひっくりかえるほどの安さで売っていた。

写真だけ撮らせてもらう。

「買っていきなさい」

暇そうなおばちゃんが言う。

「旅行の途中なんですよ」

「宅配便がありますよ」

そうだったなあ。

どこもサンマが一番イキがよさそうだった。今年は大漁らしい。

昼時間なので定食屋に入った。カウンターだけの店でおばあさんが三人でやっている。カウンターにすわると目の前に沢山の新聞のキリヌキが貼ってあった。北朝鮮がテポドンの発射実験で日本海に何発も打ち込んだ記事が出ている。今朝の新聞は読んでいなかったのでまたもやそんなことがおきたのか。そういえば総理大臣がいきなり辞めて日本政府はいま大混乱だからなあ、と思い緊張して読んだら数年前の事件の記事であった。よくわからないがそんなふうにいろいろな事件をつたえる新聞記事が沢山貼ってある。ニュースばかりではなく「生活の知恵・上手なトウガンの食べ方」なんていう記事も出ているからとくに貼り出す記事に一貫性はないようだった。

定食屋なので、カウンターのメニューには刺し身や惣菜《そうざい》などがいろいろ並んでいる。紙キレを渡され、客は自分でおかずの組み合わせを考え、そこに記入するようになっているのだった。最後に名前の欄がある。客が混んでくると誰の注文かわからなくなってくるからそういうシステムになっているのだという。

「わたしらみんなおばあさんだからね」

おばあちゃんの知恵だ。

わたしは、かすべの煮つけにアサガオ（トウガンのこと）、マグロの刺し身に海藻の味噌汁を紙に書き、名前欄に「まこと」と書いた。そのうちに旅行客らしい女の二人組がやってきた。同じように紙が渡される。

最後に名前を書いてくださいね、と店のおばあさんに言われると「ええ？　なんでですか」などと気色ばんだ口調で言っている。

「ええ？　やだあ。なんで自分の名前を書かなくちゃいけないの？」

「なんでもいいんですよ。自分の名前書くのが嫌だったら友達の名前でもいいの。ちゃんとその人の名前を覚えていてくれたらね」

ときおりそんなふうに自分の名前を書くのを嫌がる客がいて「妻」とか「夫」などと書く人もいるらしい。

「名前書くの嫌だといって店を出ていく旅の人もいますね。名前ったってこの店だけ通用すればいい話なのにねえ」

おばあちゃんが厭味《いやみ》ではなしに大きな声で言う。確かにこんな店でそのようなことに異議を唱えるのはプライバシー意識の過剰な対応であるような気がした。簡単に言えば野暮だ。間もなく「まことさーん」という声がかかった。「はーい」と言って大きなお盆に乗った定食を貰《もら》いにいく。

市場通りの店らしくマグロの刺し身はうまかったが、かすべの煮つけはすこしアンモニア臭かった。古かったのかも知れない。でも面白い店なので店内を写真に撮っていると「撮らないでください」とさっきの女二人組の眼鏡をかけて太ったほうが言った。その二人組を撮ったわけではないのだが本当に自意識過剰な女たちなのであった。

「逃亡者かなにかかかな」

政彦君が低い笑い声でいう。

そこから軽米《かるまい》という町に入っていったが、北東北のこのあたりには通りに人の姿が殆《ほとん》どない。けれどどういうわけか通りにずっとまつり提灯《ちょうちん》のようなものがぶら下げられていた。人の姿がないぶんだけ派手な赤色の提灯がかえって侘《わび》しい。

田園のほうに行くとリンゴと洋ナシの畑がいっぱいあった。けれどどちらもその下に熟《う》れた実が沢山落ちている。だいぶ前に東北地方に台風崩れの低気圧が通過したことを思いだした。

やっと小学生の二人組を見つけた。四年生ぐらいの男女である。見ると男の子のほうの鼻の真上が墨を塗ったように真っ黒でネズミのお面をかぶったようにもみえる。

「どうしたの？」

近寄っていって聞くと、転んで鼻のてっぺんだけ皮を擦りむいてしまったそうである。

「痛かったろう」

鼻黒坊主はこっくんと頷《うなず》き、カメラをむけるとVサインをした。そのミスマッチぶりがなかなかいい。もっといい光線で撮ろうと位置を変えていると、一緒に来た女の子がその坊主の名前を呼び「早くいこう。誘拐されるよ」と大きな声で言った。鼻黒坊主は太ったわりには素早い動きでたちまち去っていった。

きのこ街道

世間の人が本気で「地球温暖化」という言葉を口にするぐらい乾燥しきった、タダゴトでないような残暑が続いていた。わたしは外に出る仕事がないのをいいことに、凶悪な太陽が照りつける日は自宅にこもって原稿仕事をしていた。こういうときに自由業の一種であるモノカキという職業に感謝する。

妻はまた外国旅行に出ていたから食事は自分でやることになる。それもまた、気分転換になってよかった。

けれど夏前からかなり発作的に野菜を中心にした食事をすることに決めたので、その支度はいままでよりはいくらか手間がかかる。野菜を中心にした食事、などというよりも「ベジタリアン」といったほうがわかりやすいのだが、わたしのそれはあまり大した根拠もなしの方針転換なので、はっきりベジタリアンなどと言えるほど厳格なものではなかったから口にするのはやや気がひける。

たとえば九月頃から南下するモドリ鰹《がつお》を無視することはできない。晩秋からのシシャモも脂がのっておいしいから見逃せない。居酒屋に行ってナマコがメニューにあったらこれまでの人生のいきがかり上粗末に扱うわけにはいかない。したがってこれらは規制除外にした。

肉はもともとそんなに食うほうではないからステーキ、トンカツあたりにはたいした未練はない。しかしローストビーフが出てくると戦後貧しい時代に育ったわたしにはこれほど憧《あこが》れの食い物はなかったからおなじく規制除外。除外が多いベジタリアンなのだ。

一人で作るときはたいてい生野菜を何種類か切ってボウルに山盛りいっぱいにする。さらにジャガイモや人参、キャベツなどによる単純なスープをこしらえ、パンとチーズでビールだ。それでけっこう満ち足りた幸せな気分になれるのである。

タマゴヤキをつくるのも楽しい。単純な薄焼きタマゴである。最初の頃はそっくり全部をひっくり返すのが難しかったが、これは慣れのようである。いつしか丸くて厚さが均一の「たいめいけん」もびっくりだぞきっと、などとつぶやいている誇大妄想型のタマゴヤキを作れるようになった。

野球のナイターのある日はソファに横たわってこれらを食ってビールを飲んでしばらくテレビを見る。そういうときこれもいわゆるひとつの人生のシアワセというものだろうな、と確信するのである。

三日に一度の間隔で洗濯をする。これは午前中のまだ凶悪な太陽にならないうちに干せるようにタイミングをはかるのだが、太陽がバクハツしそうなくらい真っ白にとびちっている灼熱《しゃくねつ》の午前中に干す、というのも気持ちがいきりたってなかなかいい。

とくに風が吹いているような日は、干した瞬間から洗濯物がずんずん笑いながらその内側から水分を大気に解きはなっているのがわかるようで、ああ洗濯物たちがいま我が家の屋上でみんなして喜んでいるのだ、ということに感動するのだった。

洗濯物干場は屋上にあって、屋上の半分には土が入れてあり、野草に近いような草木が植えてある。季節だからちょっとした夏草繁れるというような風景になるのだが、今年はあまりにも太陽光線が強すぎたらしくそれらの草がみんな白っぽくやけてしまっているのが可哀相だった。

エセベジタリアン食の主要ポストに野菜ジュースがあり、これを作る道具は妻に頼んでデパートで買ってきてもらっていた。古いジューサーは使い終わったあとの片付けが面倒で、ついついそれで使うのが億劫《おっくう》になってしまうのだが、最近は円筒形の細長い握り棒の先にミニ削岩機の刃のようなものをつけ、直接ウツワの中の野菜類を粉砕する簡単なものが出てきた。

これを使って、まずゴーヤを半分ほど粉砕する。蓋のない大きな耐熱性の頑丈なウッワの中でやるのだが、片手で覆っても油断するとゴーヤの破片がバシバシ飛び出してくる。けれどここにリンゴや梨やトマトやメロンなどを入れると全体が納得したように急におとなしくなり、最後にできあいのキャロットジュースを入れて、力強い生ジュースの出来あがり。冷蔵庫にしまっておいて気がついたときに飲むのである。

昼は蕎麦に決めている。新潟のへぎ蕎麦を茹《ゆ》でて長ねぎを細かく切る。石垣島の辺銀食堂からいつも仕入れている人気の辣油《ラーユ》をかなり大量にそばつゆに入れるのが決め技だった。こんなに大量のからい辣油を入れてしまっておれの人生大丈夫か、と思うぐらいの分量だが、思い切れば思い切るほどこれがうまいのである。

夕方、洗濯物を取り込むときがまたひとつの楽しみだった。凶悪な日差しも洗濯物にとっては「いいやつ」で、このきっぱりした乾きぶりが男らしい。それらを取り込むとき確かにその日の一日分の日差しの匂いがする。悪辣《あくらつ》な残暑も夕刻になると力が弱まってきていて、傾いた太陽もあきらかに気弱になっている。

頭上の空は東京の一日の疲労の残滓《ざんし》をそっくり受けとめているようで、まだ一応は「青空」なのだが、はっきり言ってやる気はもうない。わたしは少し考え、日にやけた屋上の夏草のために水道の水を撒《ま》く。暑い夏の朝に水をやると草たちは熱気を吸い込んで疲れてしまう。だから植物の水やりは夕刻が一番いい、ということを妻から聞いたばかりだった。

九月になっても暑い日が続いた。

週末にまた福島県の奥会津にいくことになった。このまえみんなで夏休みで行ったときからまだ一カ月しかたっていないが、今度は仕事がふたつかさなっていた。十五年以上前に映画を撮影した山上湖のほとりにある建物の一角にわたしの常設写真館ができていて、そこで年に一度町の人や観光客を相手に話をする会があるのだ。

その建物は「龍」の倉庫であった。龍というのは山上湖で年に一度行われる「龍神祭」に使われる祭り用の大きな龍で、それをしまっておくだけの倉庫ではもったいないというので龍を収納しているまわりの空間がわたしの写真展示回廊になったのだ。年に二度ほど写真のだしものが変わる。今年は「極北の狩人」をテーマにしたものになった。東京をはじめ全国七都市で巡回展示をしたあとなので、この館がその写真シリーズの落ち着き場所になった。

東京から三人の友人とわたしのクルマで出た。出版社のカメラマンをやっているヒロシとその助手の中山君。釣り雑誌の編集者コンちゃんという顔ぶれで、よく考えると一カ月前に奥会津にいったのとまったく同じなのだった。

東京から東北自動車道をつかって五時間ほどかかる。この前来たときは東北のこの山奥も東京とさして変わらない暑さだったが、さすがにここまで北にくると秋の気配が濃厚だった。

山上湖への急な山道を登る前に昼食時間になった。それは計算済みで、わりあい頻繁にこの町に来ている我々がひそかに楽しみにしている町営食堂があり、そこはなぜか「カツ丼」が感動的にうまかった。もうひとつここらでとれるアザキダイコンという辛味の強いダイコンのおろし汁で食べる蕎麦がうまく、東北自動車道を走っているときに「かならずあそこに寄ろう」という作戦をたてていたのだった。

時間配分のうえでは余裕があった。山の上での話は二時からなのである。ただ問題は「カツ丼」を食うか食わないか、ということだった。おとなしくアザキダイコンの蕎麦だけ食っていればいいのだが、昨年までこの町にきたら「カツ丼」と決めていた。よその土地ではもうそんなあぶらぎったものは食う気はしないのだが、この食堂のだけは例外だった。

ましてや条件つきとはいえ今はベジタリアンの身である。ヒロシにそのことを言うと「時には例外も大事ですよ。蕎麦を主体にして少しだけカツ丼を食えばいいじゃないですか」という。そんなことはいわれなくても分かるのだが、しかしたしかに名案である。彼らの頼んだ「カツ丼」を少し貰《もら》うことにした。まったくいい歳《とし》をしてなさけない逡《しゅん》巡《じゅん》である。

満足して山の道に入った。午後の日差しをあびてススキがいたるところで美しい。山上湖までは約三十分。この山の上の湖のまわりには食堂も売店もない。なにかの看板などもないし、いまどきの日本の湖でこれほど俗化していない風景も珍しいのだ。

会場には、こんな山奥にどうやって来たのだ、と思えるくらい沢山の人がいた。昨年来てくれた人の顔もちらほら見える。わたしはまず回廊に並べられているアラスカ、カナダ、ロシアの北極圏の人々やその風景の写真を説明しながら思うままのことを一時間ほど話した。

話が終わってもまだ三時前であるから外は明るい。けれど太陽の力は完全に秋のものになっていた。やや斜光になった光が湖面に反射して美しい。

岸辺にはキャンパーのテントがいくつか張られていた。カヌーが何艘《なんそう》かもやってあり、今はそういうレジャー客が来ているのをはじめて知った。わたしが映画を撮影していた頃はニジマス釣りのボートが浮かんでいる程度だったのだ。ぼんやり眺めているとその当時からの知り合いの加藤さんがそばにやってきた。

「今は釣りの人はいないんですか」

わたしは聞いた。

「季節が少し違うからね」

加藤さんはこの近くを流れる只見川で観光船の船頭さんをしている。

「だけど相変わらずこの湖は綺麗《きれい》ですねえ」

「まあそうだけど、本当はこの湖はよく知らないと恐ろしいところもあるんだよ。綺麗な人は怖いってよく言うからね」

加藤さんはおかしなことを言った。

「どんなことです」

「ここで転覆したらすぐに舟にあがられないと怖いですよ」

「どうしてですか？」

「ここはね、水温が低いからぼやぼやしていると心臓マヒになるんですよ。それにいったん沈むと浮き上がらないから死体が出てこない。つい先月も男と女の乗ったボートが転覆して、二人とも浮かんでこなかったもの」

「へえ、本当ですか。何してたんです、その二人は？」

「さあね」

「若いカップルなんですか」

「いやあ中年でねえ。それも夫婦ではない二人だったんで、捜索はしたけれどまもなく双方の身内からの意向で捜索打ち切りになりましたよ。どうせ死体は出てこないものね」

「どうして？」

「この湖は水深が九十七、八メートルあるんですよ。カルデラ湖だからね。面積のわりには深いんですよ。それで水底のほうは常に水温が二〜三度というから沈んだ死体ももしかするとそのままかも知れないという話だものねえ。これまでオレの知っているだけで二十人はここで死んでいるけれどまだ誰も浮かんではこないもの」

「ひええ。本当ですか。で、そのままってどういうことですか？」

「だからくさらないで骨にならないで……」

ただもう静かに美しいと思っていた湖だったのに初めて聞く話だった。この湖や湖畔で映画の撮影をしているとき、夜更けによくこの湖のそばにきてぼんやり考え事などしていたものだ。

「幽霊なんかは出ないんですか？」

「さあねえ。オラほうでは幽霊の話は聞いたことがないねえ」

いままで知らなかったのは、それがけっこう秘密の話だったのか、それともわたしたちが聞かなかったからというだけなのか。そんな話を聞いてしまうと夕暮れを迎える湖面の風景がいままでと違って見えてくる。

夕日が山の陰に入ると急に温度が二〜三度下がったような気がした。そろそろ麓《ふもと》の温泉宿にいこう、ということになった。

クルマに戻る途中でキャンパーに声をかけられた。さっきの「話の会」に来てくれた若いカップルだった。

「これから温泉ですか？」

男のほうが聞いた。

「ええ。でもこういうところで二人してキャンプもいいですねえ」

「ええ、まあ」

男のほうが照れている。

「ここらは幽霊がときおり出るらしいから注意して見届けるといいですよ」

わたしは親切に言った。

「ひえ。本当ですか。やめてくださいよ。気が弱いんですから」

わたしはいま加藤さんから聞いた話をじっくりこの二人に聞かせたくなったが、先に行ったヒロシが何か急な用があるらしくカン高い声でわたしを呼んでいた。残念。

その夜は麓の温泉宿で、町の人を交えての小さな宴会になった。明日のもうひとつの「話の会」の打ち合わせも兼ねている。その宿は山で採れるものが料理の主体になるので、エセベジタリアンには有り難い献立だった。さらに土地柄おいしい日本酒があってそれは胸にしみるうまさだった。宿の隣に川が流れていてその川音がいつもここちいい。

翌朝もいい天気だった。まさに山里の朝という透き通った空気の中をわりあい早く出発した。その日は隣町との境にある峠から山の中に入り、何人かの地元の識者とブナの原生林で「ブナの実一升、金一升」という題名の「森の会話」をするのだ。都会などでやるとしたらすぐにシンポジウムなどと名付けられるのだろうが、そんな気取ったカタカナのタイトルがついていないところがいい。

文字どおりふたつの町に住む人々が町境の峠で会ってブナや山林の話をするのだ。山の中に果してどんな人がくるのだろうか、と想像もつかなかったのだが、本当に大勢の人がやってきているのでびっくりした。当然ながら老人が多い。山道をやっこらやっこらやってくる七十人ほどの老人を見ていると宮沢賢治の童話のようで感動的な風景だった。全体がカール状になったところが「お話の会場」で、小学生の座る椅子のようなのが四つ置いてあり、これはシンポジウム的な用語でいうとパネラーの座る席のようだ。聴衆は草の上にビニールなどを広げてそこにすわる。わたしには太いブナの木から横に伸びたやや弾力のある枝が座席として用意されていた。なんだか本当に童話の世界のようだった。

わたしは三十年ぐらい前に秋田と青森を結ぶために計画された「青秋林道」の話をした。その当時、日本中で作られていたいわゆるゼネコンのための、金のための工事計画のひとつだった。その林道建設予定地にある広大なブナ林を伐採することがあきらかになり、それに反対する人たちの集まりに参加したときの体験を話した。ブナの樹は沢山の水を吸うので根がしっかり山地を摑《つか》み、山崩れを防ぐ力になっている。だからやたらに切ってはいけない樹木なのだ、ということを知って沢山のひとが反対運動のために集まったのだった。

わたしは一年四季を通じてその山林に入った。そのおりにブナの幹に耳をつけると導管がゴウゴウと音を立てて水を吸っているのを知って、ブナの命を感じた。

青秋林道は当時、青森と秋田を林道で結ぶことによって経済が活性化するという名目で計画されたのだが、豪雪地帯の山に道路を作っても半年は雪に埋もれ、春になっても雪をかぶった道路は必ず破損するのでその補修工事が必要になる。したがってたとえ作られたとしても殆《ほとん》ど実質的に使い物にならない道路になってしまう、ということが最初から明らかなのだった。その時代は日本中の海や山や川でそういう工事のための工事、つまりは単純な金目的の公共事業工事が行われていたのだった。

その日の発言者の一人、滝沢さんはわたしたちが「森の会話」をしている場所からすぐ近くの山麓《さんろく》に住んでいたが、数年前の山崩れで集落が全滅した話をした。その山崩れの原因になったのがその日わたしたちが集まっているブナの山につながるブナ林の伐採なのだった。

お昼はみんなが持ち寄ったお弁当になった。帰りは町の人がいましがた探してきたばかりの舞茸《まいたけ》とアケビの実をお土産にくれた。木漏れ日のきれいな日だった。

四〇〇号線を帰る。しばらく山あいの田園が続き、そのあたりはわたしの一番好きな風景だった。

若いコンちゃんに運転してもらっていたので、わたしは後ろの座席であたりの景色を楽しんでいた。稲刈りの季節で山の緑に田の稲の色がよく映える。稲は本当に金色に見えた。刈り取りは機械で行われているので運転する人が一人で淡々とその作業をしているのがいかにも日本の風景だった。

インドネシアやチベットなどで稲や麦の刈り取り風景に出会ったことがあるが、まだ機械は使われていないので、大勢の人が並んで鎌をふるっている。どちらからも彼らの歌が聞こえてきていた。そのとき第一次産業がまだヒトの手にゆだねられているところには元気のいい「仕事歌」があるのだな、ということに気がついた。

ところどころで川と交差する。ふいに昨日聞いたあがってこない山上湖の死体のことに思いが飛んだ。その山上湖は特殊な構造になっていて東北電力が発電に使っている。説明を聞くまで想像もできなかったシステムが施されていて、湖の底には穴があけられ水路ができていて、発電が必要なときに湖の水を近くにある只見川に落とす。そのとき地中にある水力発電のためのタービンが回り、電力を得ているのだという。簡単にいうとお風呂の底の栓を抜いたような状態になるのだろう。

そのままではいくら山からの涌水《ゆうすい》があるといっても湖の水が無くなってしまうから、電力をあまり必要としない深夜に、今度はほかの地区で余った深夜電力で只見川の水を湖に汲み上げるのだという。風呂桶の水張りみたいなものだ。

単純な構造だけれど仕組みのスケールが凄《すご》い。そんなことをよく考えたものだと最初聞いたときには驚いたものだ。ここでの電力は東京などの都会で沢山電気が使われているときに稼働するという。今年のような強烈な暑さのときはフル稼働していたのだろう。

わたしが考えていたのは、湖の底の沈んだままの死体のことだった。わたしの頭の中のイメージでは漏斗形《じょうごがた》になった湖の底のあたりに、そこで死んだ沢山の人が、集まっていて途方にくれている様子だった。

湖にはニジマスのほかに沢山の魚がいるので、発電のために湖の底の水路を開いたときにどうするのか聞いたことがある。そのまま発電のタービンに吸い込まれていくのでは魚もたまらないだろう。でも町の人はそこまでくわしいことはわからないようだった。

「たぶん底のあたりに頑丈な網のようなものがあるんじゃないかと思うけどね」

というような答えだった。

のどかな田園風景をとおりすぎていくにしては随分異様な風景がわたしの頭のなかにあった。

四〇〇号線はやがて宇都宮方向にむかって一二一号線に入る。そのルートをしょっちゅう一緒に来る我々は「山菜きのこ街道」と呼んでいた。道路際に沢山の店が並び、季節によってそれらを豊富に売っているからだ。当然いまは「きのこ」の季節だ。食べることが大好きなヒロシはそこでの買い物が今回の旅の大きな目的のひとつでもあったようだ。一人もののヒロシは料理もかなりやるようで、会社の写真の仕事も食べ物を撮ることが多いらしい。

わたしも家に帰ると一人であることを思いだし、大きななめこと里芋、にんじんなどを買った。貰った舞茸を使っての「きのこ汁」作戦が閃《ひらめ》いたのだ。けれど舞茸をどうさばくのかはやったことがないからよくわからない。

ヒロシに聞くとすぐに明瞭な答えがかえってきた。

「天然ものは小さなムシがけっこうついているので、まずざっと洗って塩水にしばらくつけておくとムシがとれます。あまりながくつけておくと香りや風味がとんでしまうのでそのへん注意してください」

「きのこ汁」なら立派なベジタリアン食だ。

夕方少し前に家に帰ったのでわたしはイソイソとその支度にかかった。買ってきた里芋と家にあるジャガイモ、タマネギなどをこまかく切ってまずは鍋で煮る。舞茸はヒロシに言われたように塩水につけてある。あと数分で塩水からあげようとしたところでふいに電話が鳴った。番号表示をみるとサンフランシスコからだった。

素早くじいじいの声になって受話器をとる。

「じいじい」

思ったとおり風太くんの声が耳元にはじける。考えてみると久しぶりの会話だ。

「はーい」

「じいじい。どこにいってたの。どこにいるの？」

えーとね、この場合は「いなか」と言ってもまだわからないだろう。「やま」でわかるだろうか。それとも簡単に「おつかい」のほうがいいか。瞬間的に判断して「おつかい」にした。

「おつかいに行ってたんだよ」

「おつかい？」

「そうだよ。風太くんは何をしてるの？」

そこでしばらく沈黙。彼は答えるコトバを考えているのだ。しばらくして返答があった。

「がっこうにいったよ」

「そうかがっこうかあ」

半月ほど前から近所のアメリカ式幼稚園のようなところに通いだしたことを思いだした。ヒスパニックの多い地区なのでそこではスペイン語と英語だけの会話になる。三歳の少年がそこでどんな毎日をおくっているのかちょっと想像がつかなかった。

「がっこうでなにをしたの?」

彼はまた返事のコトバを考えているようだった。しばらくして、トラックであそんだ、という返事をした。発音は「タック」だった。うーんやっぱり日常がネイティブとの会話になるからチビのくせにやるなあ。

「じいじい」

風太くんはなにか聞かれるよりは質問するほうが好きなようだった。

「はーい」

「なにやってるの?」

いつもの会話の基本だった。わたしは彼が理解しやすいようにいつもは決まって「うどんを作っているんだよ」と答えていた。偶然ながら本当にうどんを茹でているときに電話が多くかかっていたのだ。だから彼はわたしがたいてい「うどん」を作っているものとこの頃は確実に思い込み「うどんの刷り込み」が成功している。でもあまりいつまでもそればかりでは会話に発展がないと思い、そのときは正確に「きのこ汁を作っているんだよ」と話した。

「きのこ?」

彼はあきらかに戸惑っているようだった。失敗したかな。きのこ汁を彼は知っているかどうか。

「サンフランシスコにもきのこはあるでしょう？」

「きのこ？」

同じ返事がかえってきた。やっぱり失敗したのだ。

彼はだまり、しばらくして電話は父親に替わった。幼稚園での最初の三日間は親から離れて大泣きしていたがいまは自分から進んでいくようになっている。幼稚園ではスペイン語で話をする機会のほうが多いようだ、という話をきいた。

ちょうど鍋がぐつぐついってきており、舞茸ももう塩水からあげなければならないので「じゃあまたな」と言って電話を切る由を告げた。最後に風太くんにまた替わった。

「じいじい、こんどベイブリブリッジの下へ釣りにいこうね」

風太くんは快活に言った。それもはじめて聞く話の展開だった。ベイブリッジの下での釣り。そういえばあのあたりに行くとよく老人たちが釣り竿を出している風景があった。どこまで彼が理解して言っているのかわからなかったがそいつはまったく素晴らしい提案だった。

「そうだね。今度一緒に釣りにいこうね。約束だよ風太くん」

「いこうね。じいじい。バイバイ」

「そうだね。一緒にいこうね。風太くん。バイバイ」

緊張を交えた会話が終わった。鍋の中の里芋とジャガイモがぐつぐついっている。

二日後に日比谷の松本楼で、夏に逝《い》っちまった写真家高橋昇を「しのぶ会」が開かれた。わたしと岩切とフジテレビの社長になったばかりの豊田さんの三人でその会を代表することになり、わたしが慣れない司会役だった。

急な逝きかたをしたので、親族を中心にした密葬にちかい告別式となり、その日が友人知己との実質的なお別れ会になった。けれどわたしたちはできるだけ明るくみんなで彼を送りたい、と考えていた。

故人が無類の冗談坊でヒトを笑わせることに喜びを見いだしているようなところがあったので湿っぽいのは似合わない、と思ったのだ。

わたしはそこではじめて彼の正確な病状とその経過を参会者に説明した。どうやらアスベストが原因と思われる腹膜の癌であった。症例のあまりない非常に珍しい病気であり、入院してちょうど一カ月後に逝ってしまった。まったくあっけない経緯だった。

わたしはモンゴルでかなり長期にわたって彼と過ごした日々について話をし、豊田さんは彼がいかにダンディな人生をおくったか、という話をした。事前に何も聞いていなかったが歌手の由紀さおりさんが来ていたので「しのぶ会」に来られた理由を本人の口から話してもらった。着物姿の写真を高橋昇に随分撮ってもらっていたらしい。

会場は三百人ぐらいになっていてぎゅう詰めの状態だった。出欠をとらない会なので参加人数は誰も予測できなかったのだった。いつまでも熱血青年のおもかげがある我々の仲間のサントリーの丸山常務は、三年前に京都の研究所でみんなでやった少年三角ベースで故人が見事なプレーをしてみせた話を披露した。作家のC・W・ニコルさんは少し目に涙をたたえながら「まったく寂しくなるよ」とストレートに別れを悲しんだ。

そのまま手伝ってもらったスタッフらと新宿のいつもわたしの行く居酒屋になだれ、無礼講の状態で強い酒を飲んだ。

翌日は大分への日帰りの旅だった。羽田空港には自分の車で往復したのだが、その帰りに自分の街に出る高速道路の降り口のところで後ろから来た車におもいきり追突されてしまった。

わたしのクルマは頑丈なメルセデスだったが、後ろからきた大きなクルマに四メートルぐらい飛ばされて、当初は何がなんだかわからないほどだった。あれで相手が十一トンぐらいの巨大なトラックなどだったら何がおきたかわからないうちにあっという間にわたしは急逝《きゅうせい》した友人のもとに行ってしまったのかもしれない、という実感があった。

ナスの漬物のような濃紺色のそのクルマにわたしはもう十二年ほど乗っており、けっこう気に入っていたのだが、その衝撃で自走がやっとというくらいの状態になっていたから、こいつともお別れの可能性が強かった。

追突してきた人はそこそこ年配のおとなしそうな顔をしていた。高速道路を降りたあとの行き先表示に気をとられてしまい停車しているわたしのクルマが目に入らなかったのだという。

わたしは今年のはじめ頃、ここからすぐ近くの裏道のクルマのすれ違いで、チンピラみたいな奴とつまらないトラブルがあったことを思い出した。どうもここらはクルマで走るときの鬼門のようだ。そういえばその事故の頃も友人の奥さんが癌で死んだのだった。

追突した高速道の降り口の先に交番があって警官がすぐにかけつけてきた。あきらかなメタボリックシンドローム体型でアニメのような不思議な声をだす。

「これだけの事故なのにあまり大きな音がしなかったね」

警官は腹を突き出しながらまず最初に実にどうでもいいようなことを言った。おまけに少し笑っている。追突した車の運転手がまだ呆然《ぼうぜん》としていて顔色が悪く、なにやら気の毒なほどであった。

冬の風

追突されたわたしの車は後部のトランク部分が大きくひしゃげてへこみ、全体のフレームが歪《ゆが》んでしまった。二百万円ぐらいで修復はできるが、高速道路を走ると車体が振動して危険な状態になるかもしれない、というのでやむなく廃車にした。十二年乗っていて日本の感覚だともう価値もない、ということになるのだろうが、メルセデス・ベンツは走行距離十万キロあたりになったところでエンジンが落ちついて本格的に走り込める、と聞いていたし、事実わたしのそれは十二万キロを超えてそんなかんじになっていた。

警察の現場検証や一連の事故処理手続きが深夜までかかり、わたしは疲労困憊《こんぱい》して自宅に帰った。心配そうな顔で妻が待っていた。

首の後ろがいくらか熱っぽくなっていて、警察のいうとおり今夜のうちに病院に行ったほうがいいかな、とも思ったがそれには救急車を呼ばなければならなかった。警察が、病院に行くときはそうしろ、と言うのである。救急車でないとそんな時間、どこも受け付けてくれないからなのだろうか。

そこまでするのは嫌だったので、とにかく一晩ゆっくり寝ることにした。ムチウチなどの症状は時間をおいて顕著になるとも言われていたのですべては明日でいいや、と思った。どちらにしても虚《むな》しい気持ちだった。

翌朝の午前中に近くの整形外科クリニックに行った。ここ何年も病院には縁のない生活をおくれていたので、新患の受け付けの段階から戸惑うことばかりだった。

こういう街なかのクリニックには朝から沢山の患者が並んでいて、一時間は待たねばならないらしい。家から歩いてこられる距離だったのでついうっかりして一冊も本を持ってこなかったことを悔やんだ。天井近くに吊《つ》るされている薄型テレビでは「ナスの簡単おそうざい」という番組をやっていて、出演者の声や話しかたからいかにもNHKの番組ということがわかる。待合室の背もたれのない細長いベンチはほぼいっぱいで、何人かは立っていた。わたしも端のほうに立ち、細く切ったナスをやはり細く切った西洋茸と一緒に炒《いた》め、辛い味付けをするお弁当のおかずにあうという簡単料理の方法を眺めていた。首を少し上にあげると痒《かゆ》いような違和感がそのあたりに走る。これがムチウチの前兆なのかどうか経験がないのでわからなかったが、医師に診てもらえばなんらかの判定がでるのだろう。事故から十日とか半月ほどもたって具合が悪くなることもある、と昨夜の警官が言っていたのを思いだした。思えば面白い警官だった。

追突事故があった高速道路の降り口の斜め向かいに交番があって、わたしの車と追突してきた車はなんとかそこまで自走していって「ハイコンニチハ、事故の一丁あがりです」というような恰好《かっこう》でその鼻先にそれぞれのクルマを停めたのだった。追突してきた車は八人乗りぐらいのRV車と呼ばれる大型のやつで、ボンネットから煙のようなものを吹き出していた。ラジエーターが潰《つぶ》れているようだった。

交番には大きく腹の突き出たメタボリックシンドロームの見本のような中年の警官と、二十代ぐらいの表情に変化のない警官がいて、わたしたちに「とにかくまず車検証を」と言った。メタボ警官はどこか茨城あたりの訛《なま》りがあって、若い警官とはちがい、常に薄く笑っているような落語っぽい気配があって不思議だった。

「で、おたくは停止線の前にとまってたの？　それとも停止線を越えていましたか？」

メタボ警官はやっぱり頰の端のほうで笑っているような顔で聞いた。重大な質問のようだが顔はそうでもないようで返答には少し注意したほうがよさそうだが、普段から停止線は守るようにしていたから「停止線の前」と答えた。するとメタボ警官はどういう意味があるのか両手を腰にあて「ああ、それじゃうちじゃないんだよ。高速道路交通警察隊の仕事になるので今呼びますからね」と、すぐには意味のわからないことを言った。

若い無表情の警官のほうが説明した。事故のおきたところが停止線より外に出ていたら一般道になるので自分らの管轄だが、停止線の内側だと高速道路のほうでの事故ということになり、事故処理の扱いが分かれる、というのである。どっちがどうかわからないが、結果的にはそれで高速道路交通警察隊が来るまで一時間ほど待つことになった。同じことなら停止線をすぎていた事故と言っておけばよかった。

メタボ警官は、検証が終わってもどっちみちオタクの車は自走できそうにないから移送のことを考えたほうがいい、と言った。

「どうすればいいんですか？」

「オタクＪＡＦの会員になっている？」

「そうかＪＡＦでいいんですね」

「都内だとＪＡＦはわりあいすぐ来るけれど三多摩だと駄目だね。都内だと大丈夫」

メタボ警官はこんな状態のときに聞いてもあまり役にたたないような話をしばらくしていた。わたしは車検証を入れてあるファイルから連絡先を見つけ、ＪＡＦに電話した。すぐに応答があり、てきぱきした話し方をする男が出た。場所を伝える。高速道路のランプを説明したが、先方は住所を聞いてきた。メタボ警官が代わって説明した。

「オタクの車の色を聞いているよ」

メタボ警官はテレビドラマなどでよく見るように片手で受話器をふさいでわたしに聞いた。内緒話じゃないんだからそんなことしなくてもいいのに。

「ぬか漬けのナスのような紺色です」

警官はそのとおり先方に伝え、じゃお願いしますね、といって電話を切った。

「オタクなんだか面白いことを言うね。ぬか漬けのナス色っていいよね。同じ紺といっても明るい紺もあるし暗い紺もあるもんね。ぬか漬けのナス色ねえ。わかりやすいよねえ」

クリニックのベンチがいくつかあいたのでわたしはその一方の端に腰を下ろした。テレビのナス料理はまだ続いている。男のアナウンサーが二枚目の声をだして、歯切れのいい言葉でできたばかりの料理の味に正しく感動している。

それからわたしは座ったまま手をのばせば届くところにあるマガジンラックから『安心な暮らし』という雑誌を取り出してパラパラやった。首の後ろはまだのったりと熱い。その歳《とし》にしてはえらく背の高い老人がふらりふらりとゆらぐようにして入ってきて受け付けに向かった。受け付けの事務の女性とはすっかり馴染みらしく「どうだった？」などと老人はいきなり聞いた。

「だめだったわよ」

老人はうなずき、しょうがないよなあ、という顔つきをした。

「ふーん」

「小便が出ないんだよ。なかなかね」

老人はふらりふらりとしながら言った。話の内容はわからないがふいに室生《むろう》犀星《さいせい》の「われはうたへどもやぶれかぶれ」という闘病記の題名を思いだした。はるかむかし、高校生ぐらいの頃に読んだ作品だった。

わたしの診察の番がくるまできっかり一時間かかった。医師は太い声を出す人で、ひととおりわたしの状態を聞くと「そういうのはとにかくむずかしいんだよねえ」と言った。それからわたしの視線の動きを確かめ、手と足の反射感覚を調べた。とりあえずは正常のようだった。ここでも医師の口から、何時《いつ》どんなかたちで後遺症が出るかわからない、ということをまたもや聞かされた。だんだん憂鬱《ゆううつ》になってくる。

「とにかくレントゲンでナカを診てみましょう」

医師はエネルギッシュな声で言い、それで診察は終わった。わたしはレントゲン室に回され、首を中心に横や後ろから撮ってもらう。とくに重要なのは首を大きく前に曲げるのと、のけ反《ぞ》らせる角度のようだった。

数日は家で仕事をするおだやかな日が続いた。晴れている日は洗濯をする。太陽が出ていてほどよく風が吹いているときは洗濯がしたくて落ちつかない気持ちになる。もし「洗濯したい病」などというものがあれば該当するかも知れないな、と思ったがもしそうであってもあまり問題にはならない病気であるだろうな、とも思った。とりあえず誰にも迷惑をかけてはいない筈《はず》だし。

整形外科クリニックには金曜日に行った。レントゲンの写真ができていて、背後から光の出ている照明ボードに大きな六つ切りサイズのレントゲンフィルムが四枚クリップでとめてあった。いずれも頸椎《けいつい》を中心に撮っている。自分の頭蓋骨の下部と首のあたりを透かしてみるのは初めてだった。思いがけないほど長い首の骨が写っていて、前に曲げるのと後ろにそらせたフィルムがその真ん中に留めてあった。

「なかなか立派な骨をしてるよお」

医師はせんだってと同じ太い声でそう言った。どうやら誉《ほ》められているらしい。

「問題なのは、この頸椎を構成する連続した骨同士が正常な間隔を保っているかどうかなんだよ。とくに首の後ろ、一番上の環椎と軸椎をよく見て。ここをやられてると重症だからね」

医師は注意すべき症例のフィルムをその隣に並べ、違いを説明してくれた。結論としてはわたしのそれは今は正常に見えるが、この手の事故はもう少し様子を見なければわからない、というものだった。つまりまだ様子待ち。事態は何もかわっていないということのようだった。

痛み止めの薬をはじめとしていくつかの薬品を処方せんのコーナーにいってもらった。首のコルセットは痛くないうちはしなくていいでしょう、という診断だった。

週末に沖縄の先の石垣島にむかった。もうとうにサマーシーズンは過ぎていたが、空港の沖縄行きの待合室にはまだ沢山の若い男女がからみあうようにして座っていた。日本の青年男女の触れ合っている姿や姿勢がなにかいつも汚らしい軟体動物のように見えるのはなぜなのだろう、などということをぼんやり考える。連載している週刊誌のエッセイの締め切りが近くなっていて、何か書けるテーマを探さなければならなかった。「南にいく若者はなぜ空港から抱き合っているのだろうか」というテーマがチラチラしたが、さして目新しいことでもないようでとりあえずは却下。

わたしの首の後ろはまだ重く熱っぽく、持ってきた本を読む気にもならなかった。そこで那覇までは殆《ほとん》ど眠っていくことにした。

多くの乗客は那覇で降りていき、そこから石垣島に乗り継ぐ客は少なかった。石垣島ではかつて映画を撮影していたことがあり、そのとき世話になったいろんな知人が多い。撮影地の白保までいけば、そういう懐かしい人々と会えるだろうと思ったが、時刻はもう八時になっており、連絡するのをやめた。石垣島は老後にここで暮らそうと考えた人や、南島で自由に暮らしてみよう、という都会から流入した若い人で、このところ人口が急速に増えているという。

ひと頃は余生の暮らしをオーストラリアやニュージーランドといった国に求める人が増えていたそうだが、移り住んだ人たちだけ集まってとざされた自らのコミュニティーのようなものを作ってしまい、その国の社会に溶け込めなかった、というケースが多かったようだ。そこで言葉と文化的位相のギャップの少ないこういう日本の南島に来る人たちがここ数年激増している、ということらしい。

翌日わたしは西表島《いりおもてじま》に行き、ここで自然保護をテーマにしたシンポジウムに出ることになっていたので、そのシンポジウムで同席する人との顔合わせの酒宴に出た。けれど飛行機の関係で一時間以上も遅れてしまったので、宴席の人々はあらかた泡盛《あわもり》などでできあがっており、しかも煙草の煙が充満していたので早々に退散することにした。

港の近くのホテルに泊まる。チェックインすると安っぽい紙のキー・カードが渡され、それで全ての精算が済まされているという。料金は五千円と少しだった。部屋には電話も冷蔵庫もなく、ベッドと簡単なシャワーとトイレがある。いまは携帯電話の時代なので合理化を追求していくとホテルの部屋の電話はもう必要ないのかもしれない。有線の電話を使いたい人のためにフロアごとに公衆電話が置いてあった。

安いけれどいたって粗末、という簡易ビジネスホテルというわけでもなく部屋も寝具も清潔だった。とことんまで合理性を追求しているらしく、翌朝は簡単なパンとコーヒーがついていたが、それを食べても食べなくてもすでにチェックアウトは済んでいるので外国のBアンドBに近い考え方のようだった。

たいした料理が並んでいるわけでもないのに入り口に朝食券を徴収する係がいて、まるで検査でもするような顔つきで立ちふさがっているようなカン違いホテルが多いなかで、こういうのは新鮮でストレスがなかった。

石垣島から西表島までの連絡船はかなり頻繁に出ているが、時間的にいって昨夜酒場で顔をあわせたシンポジウムの出席者と同じ船になった。したがってそこからはすべて関係者と一緒の行動になる。こういうのはわたしには苦手だった。

西表島はその年に襲われたふたつの台風によって島全体が塩害にあい、島のなかまで草木は潮風にさらされて無残に枯れ、痛々しい倒木なども目立った。会場まではさらに陸路を一時間ほど行かねばならないのでミニバスが我々関係者を連れていってくれるようになっていた。

道にはいたるところに「ヤマネコ横断注意」の道路標識があった。ヤマネコは夜行性なので夜にしばしば道路まで出てくるという。道路を横断中に自動車のヘッドライトにいきなり出会うと目が眩《くら》むのかそのまま立ち止まり、なかにはクルマに向かって突っ走ってくるヤマネコもいるという。

この島にくるのは十年ぶりだった。地図を見なかったのでどのへんにあるのかわからなかったが「中野わいわいホール」という島の規模にしてはなかなか立派な多目的ホールがあり、そこに二百人ほどの人がいた。

この島を世界遺産に、というのがシンポジウムのテーマだったが、それを率先して進めている組織のリーダーが、島で反対運動が多かった大きなリゾートホテルの誘致にかかわっていたことをそこではじめて知り、複雑な気持ちになった。一泊五万円ぐらいのその高級リゾートホテルは完成し、流行《はや》っているという。世界遺産への運動はそういう観光資本の利益追求が絡んでいるのだろうか。そうだとしたらわたしが日頃思っていることとはまるで反対の意思を持ったシンポジウムに出席することになる。島にはいろんな利権の思惑があるのでヨソモノがふらっときてあまり事情も摑《つか》めないうちに自然環境問題などに首を突っ込むのはやはり危険なことなのだな、と思った。

わたしは自分の役目が終わるといささか鬱屈した気分で石垣島に戻る港にむかった。帰りもまた陸路を車で一時間もいかねばならない。

船の待合室はまたもやカップルばかりだった。十月もおわりというのに夏とかわらない服装をしていた。ソファにすわってずっと抱き合っているカップルがいる。抱き合ったまま寝てしまっているのではないかと思ったが、ときおり相手にまわしている手が少しずつ動いていた。その隣では短パンの男が自分の膝の上に女を後ろ向きにすわらせてじゃれついていた。平和でずるずるに緩んだ日本の風景なんだろう。わたしはますます鬱屈していく。それらのカップルの前のテレビが大音量でアメリカのＵＦＯの謎、という番組をやっていた。

窓のむこうで船会社の制服を着た若い男が海にむかって三線《さんしん》の練習をしていた。わたしの首の後ろはまだぼやっと熱っぽい。

東京は南の島よりは確実に秋の気配を増していた。ある雑誌の取材があって、それはわたしが自分で写真を撮り、現場の人に話を聞くという手間のかかるものだった。担当編集者は女性で、今年知り合ったばかりだった。

今月のテーマは、さいきん日本の各地に増えている結婚式をやるためだけに作られている教会だった。とりわけ豪華にできているという青山の教会を取材できることになった。担当編集者は先方と連絡をつけてくれていて礼拝堂の中まで入ることができた。宗教的なものは二の次なので礼拝堂は美しく作られているが、どことなくプラスチック製品の色合いを感じた。ステンドグラスの後ろには沢山の電球があり、正面にある十字架は端末操作によっていろいろ濃淡を変えたり、光ったりするようになっている。牧師は本物かどうかわからず、アルバイトの外国人だったりすることのほうが多いらしい。本物の教会よりどこもかしこも綺麗《きれい》でそれがかえって滑稽《こっけい》でもあった。

本当の教会はビルの中にあったりしてむしろ外からは目立たないが、こういう結婚式のためだけにつくられた教会は不自然なほどに教会のしつらえを強調していた。

わたしたちを迎えてくれた先方の広報係の人は三人だった。

「あまり絶賛した書き方はできないかもしれませんよ」

わたしは正直にそう言った。

「かまいません。時代のニーズに対応しているだけですから」

若い担当の女性はクールにそう答えた。なかなかさばけている。そこの撮影が終わってから近くにある原宿の本当の教会「東京ユニオン・チャーチ」の外観の写真を撮った。

十年ほど前、わたしはその教会で二カ月おきに「絵本」についての話をしていたことを思いだし編集者の女性にそのことを話した。青山の表通りはしゃれた構えの店ばかり続き、注意してみると日本語で書かれた看板はめったになかった。驚いたことにもうクリスマス用のイルミネーションを点滅させている店もある。ほんの数日前に夏そのままのような島にいたのだから気持ちの切り換えに少し時間がかかる。

「なんだか外国の通りにきているみたいですねえ」

わたしは編集者にそう言った。

わたしがモノカキになって間もない頃、NHKのドキュメンタリ番組に出て青山や原宿を取材したことがあった。原宿の商店街が表参道を「シャンゼリゼ通り」という名称にかえた顛末《てんまつ》を聞く、という内容だった。まだVTRによる収録が一般化する前のことで、取材は十六ミリフィルムのミニエクレールというカメラで撮影され、映画制作に興味のあったわたしは取材対象よりもカメラのほうが気になってわたしが撮影されていないときはカメラばかり見ていて笑われた記憶がある。

どうして外国の通りの名をそのまま持ってくるのですか、と商店街のリーダーに聞いた。なにかもっともらしい回答を貰《もら》った記憶があるがそれがなんだったのかもうすっかり忘れてしまっていた。

道路を横断する橋の上から道を正面からとらえる写真を撮った。そのあいだに周囲を眺めていた編集者が大きなファッションビルの隣が病院なのに気がついた。病室の窓に面したファッションビルの壁面にも気の早いクリスマスのイルミネーションが気ぜわしく点滅している。

「こういうところに入院している人は落ちつかないでしょうねえ」

「それによって病気の回復が早いか遅いか、微妙なところですね」

わたしたちは意外な発見に少々会話をはずませた。それから三十分ほどあてずっぽうに歩き、さらに何枚かの写真を撮ったが、わたしのカメラでは露光不足になっていてそのあたりが限界だった。喉《のど》が渇いてきていたのでビールでも飲みに行きますか、ということになった。わたしの知っている店は新宿近辺にいかないとない。そこからすぐ近くの通称「骨董《こっとう》通り」に編集者の知っている居酒屋があった。時間は六時近くになっていて通りは会社からひけたサラリーマン姿が多くなっていた。

わたしの家は三階建てだが、地下室と屋根裏部屋があり、それに続いて屋上があるので階段を登っていくと四階建てのような構造になっている。妻と二人しか住んでいないので地下と一階が妻の領域。三階と屋根裏部屋がわたしの領域、二階が食堂や洗面所や居間などのパブリックスペースになっている。中古住宅を買ったのだが、もともとは中国人が住んでいた家で、最初は一階部分がすべて大理石の床だった。豪華だけれどあまりにも冷たいかんじなので内装部分を全部かえて、床や壁の多くを木にかえた。

わたしがなかでも一番気にいっているのは屋根裏部屋と屋上で、そっちの方向が南を向いているからだった。坂の上にあるので屋上からの見晴らしがよく、冬の晴れた日は思いがけないほど近くに富士山が見えた。その反対側は新宿の副都心なので、都庁をはじめとした西口の高層ビル群がタイトルにしたら「都会の艦隊」のような威圧ぶりでそっくり重厚に連なって見える。

そういうきわだった都会の喧騒《けんそう》とあまりにも日本の代表的な古風な風景がむかいあわせになっているので、その日の気分によって眺める方向を考える必要があった。

晴れている日は、午前中にその屋上に行って洗濯機の隣に置いてあるデッキチェアに横たわり南の空を眺める。せいぜい十分ぐらいのものだけれど、そのあいだに東京の空をつくづく意識して眺めるのが趣味になってしまった。悲しいことに多くの日は午前中だというのに殆どつかみどころのない、何色ともつかない曖昧色《あいまいしょく》になっていて、雲があってもそのまわりの空気の層との区別がはっきりしない。

午前中のその時間はサンフランシスコから電話のかかってくる時間でもあるので、親子電話の子機をいつも持っていく。たとえ十分間といえども、逃したくない電話であった。屋上にそうしている時間だったら孫の「風太くん」に、いつも騙《だま》して言っているような「うどんを作っている」という話ではなく、屋上から見える富士山の風景などを本人には理解できなくても話してやれるのではないかと、この頃考えるようになった。

その日はけっこうちゃんとした輪郭のある雲が目に見えるスピードで走っているので「風太くん」に雲の話をしてもいいかな、などと思っているうちにチャイムが鳴って宅配便がきた。妻は旅行中だから平日の午前中というのはけっこう慌ただしい時間帯なのだ。

午後からは千葉県の二和《ふたわ》というところに行った。千葉は小学校から高校までいた土地なのでくわしい筈だったが、その土地は知らなかった。そこでの講演に呼ばれたのだがその会場は公民館で、それも嬉《うれ》しかった。いまは地方自治体が関係するとすぐなんとかカントカ多目的ホールなんていう、思いがけないような豪華な建物にしてしまうので「公民館」という名称は東京近辺では少なくなっている。

その距離だったら通常はクルマを運転していくのだが今はそのクルマがないのだ。タイミングがいいんだか悪いんだか、わたしのその講演をインターネットかなにかで知った小学校のクラス仲間がその日の夜に同窓会をやるぞ、と言ってきた。クルマでいくのではないからサケが飲めるわけだし、もうこの歳でこの先みんなで顔を揃《そろ》えられることはあまりないかもしれないから元気よく出席することにした。男の仲間はみんな定年退職していて暇がいっぱいあるようなのだ。

二和公民館は本当に思ったとおりのむかしながらの公民館で、木造の階段を登るとギシギシと懐かしい音がした。二百人入るといっぱいのような公民館の会場で、わたしは何時になくリラックスして、この頃思うこと、のような話をした。くだけた話ばかりだったので笑って聞いている聴衆の顔がよく見えていた。わたしもかなり多くの時間を笑いながら話をしていた。

むかしの旅の話をいろいろした。

タクラマカン砂漠を探検隊の一員として行った話。メコン川を下っていく暑さとのタタカイの話。アマゾンのでっかい蛇の話。北極ばかり行っていたときの話。

旅はいっぱいしてきたからそういう話では話題が尽きることはなかった。ずっと昔の旅のような気もしたが北極などは三年前の話だった。かと思うとヘリコプターからそのまま海に飛び込んだりしていたこわいもの知らずだったオロカな三十代の頃の話も交じっていた。どこかの一族の長老が遠いむかし話をしているような気分になりつつあった。

クラス会が行われるところまではけっこうむずかしい電車の乗り換えのある路線をい

くのでタクシーで行ってしまおう、と思っていたらわたしに声をかける中年の男がいた。顔にかすかな記憶があった。サカイです。その男は言った。名前を聞いてすぐに記憶は鮮明になった。

わたしが予備校に通っている頃に知り合った一歳下の友人だった。急速に蘇《よみがえ》ってきた記憶というのは凄《すご》い。彼はたしかにこのあたりに住んでいたのだ。もらった名刺にはこの土地の土建会社の代表取締役社長と記されていた。

「本当にしばらくぶりだねえ」

「あの頃、先輩によくラーメンおごってもらったんです」

一杯飲みたいと思ってきたんですが、とサカイ君は言うのだがそのあとのクラス会のことを説明した。わかりました、ではまた次の機会に、とサカイ君はかろやかに理解し、わたしをそのクラス会の会場まで自分のクルマで送っていってくれることになった。道々当然ながらむかし話になる。懐かしいけれどいささか寂しい気持ちにもなった。二人が知っている人の中には他界した人がけっこういたからだ。

小学校のクラス会は注文したものに店の従業員がいちいち無意味に大きな声で反復するという、よくある「叫び系」のうるさい店だった。経営そのものが安普請のようなこのあたりのチェーン居酒屋のようだった。

老境にさしかかった我々が飲むような店ではなかったが、幹事がえらく気がわかい男だったから仕方がないのだろう。男も女も仲のいいクラスだったのですぐに気分のいい酔いになった。八人きた男のうちの半分が年金生活者になっていた。六人きた女は親の介護に苦労している話をしていた。年齢的に女のクラスメートの夫は我々よりもいくらか歳上になる。みんな鬱屈した日常からの一時の逃亡、というような状態らしかったが、「大変なのよ」という話のわりにはどういうことなのかみんなの顔つきも話題もいたって明るいのが面白かった。

十時頃に居酒屋を出て新宿まで電車で帰った。かなり飲んだのだけれど酔っているのかそんなでもないのか自分でもよくわからなかった。シートに座ってからも雑誌の活字を読む気にならず、かといって車内にいる人々の、無表情でいかにもつまらなそうな顔を見ているのも辛いものだし、どうにも困ってしまう時間が続いた。

翌日から九州、大阪、松山という冗談のような慌ただしいジグザグ旅になった。事務所のスタッフが作ってくれた一日ごとの旅程ファイルにしたがって行動していく。北九州までいく飛行機はスターフライヤーというはじめて乗る航空会社の飛行機だった。やはり昨夜は懐かしさのあまり飲みすぎていたようで、早朝の便の指定座席に座るのとほとんど同時に寝入っていた。

大阪は新聞社の仕事だった。二日続けて文学賞の選考仕事だが、すでに読んでいるものの選考会なのでそんなに大きな負担はない。ただしそのあと松山までいく飛行機の時間があいてしまうのでそのあいだの時間のやりくりにちょっと困った。いろいろ迷った末、結局いつも大阪にくると歩いているかっぱ横丁の古本屋街に向かった。時間はいっぱいあるので一軒一軒じっくり見て歩いた。今は古書マーケットも随分変わってきていて、かつて垂涎《すいぜん》ものだった全集が信じられないような安い値段で売られているので腰がくだけるような気分になった。

東京の自宅に帰り、ようやくまた朝の屋上の時間を迎えた。その日はタイミングよくサンフランシスコから電話があった。日本の新聞には出ていなかったが、ベイブリッジにタンカーがぶつかってサンフランシスコの半島を囲むすべての海は猛烈な重油汚染で閉鎖されてしまったらしい。

「風太くん」はベイブリッジと「ブリ」をひとつ余計に言う。たどたどしい口調で船がぶつかったんだよ、と教えてくれた。

その日は彼の通っているアメリカ式幼稚園でケーキパーティがあったという。先生の名前を教えてもらった。

「シルビア先生とグロリア先生とレイナ先生がいるよ」風太くんがゆっくりした口調で

言う。屋上は冬を思わせる風が吹いていたが、よく晴れて気持ちのいい青空がひろがっていた。首の違和感はいくらか薄れているようだった。

前編のあとがき

文芸誌『すばる』に連載していた「いいかげんな青い空」の、これは前半部分になります。といっても読んだかたはわかるようになにか大変な事件やストーリーを追って語られている長編小説ではなく、わたしの日常をそのまんま呆然《ぼうぜん》と書き綴《つづ》っているだけの「なんにもおきない」小説ですから、後半に直結しなくてもまるで問題ないという困った長編です。

もともと『すばる』をはじめ、『青春と読書』など集英社の雑誌には私小説系のものをずっと昔から書いていました。最初に書いたのは『青春と読書』で、タイトルは、『岳物語』でした。まだモノカキになったばかりの頃にいつもわたしのまわりにウロチョロしてかずかずの騒動を起こしてくれる小学生の息子「岳くん」のことを書いていたら、続刊まで出る長いものになってしまい、それは二百六十万部のベストセラーにまでなってしまったので、以来その路線を書いているうちの、この本は延長線上にあるのです。

「岳くん」は十九歳でアメリカに渡り、サンフランシスコで暮らすようになりました。

結婚して長男が生まれ、その子の名が本書のところどころに出てくる「風太くん」です。時代は確実に動いていき、わたしのファミリーもどんどん変化成長しているようなので、こういう話を書いているわたしもなんだか焦ります。

『すばる』に現実の話を私小説として書いているときに、わたしはたいてい同時に『文學界』（文藝春秋）でSFの連載小説を書いていました。こちらは日常小説とは正反対の異常未来小説です。この極端に様相の異なったふたつの世界を書いているとわたしには丁度バランスがよかったのです。

今回はSFのほうが先に連載完結して『ひとつ目女』として単行本になりました。

本書『大きな約束』のほうは、この本が前編で、二〇〇九年の五月頃には後編がまとまります。そっちのほうで少し物語になっていくかもしれませんが、まあ本作と同じようにあまりたいしたことはおこらないのですが、読んでいただいた人に少しだけ元気になってもらえるかもしれません。ヘンテコな二分冊でどうもすいません。

二〇〇八年十二月

東京の自宅で　　椎名　誠

解説

もとしたいづみ（絵本作家）

「これから椎名さんがいらっしゃるそうです」

編集者が幾分誇らしげに耳打ちした。ある授賞パーティーの会場でのことだ。

「椎名さんが来るって」

「え、椎名さんが？」

それはちょっとした緊張感を孕《はら》んで、さざ波のように伝わって行く。

三十年前、信濃町のマンションの一室も、たびたび同じ緊張感に包まれた。そこは「本の雑誌」の事務所で、椎名さんはたまにしか顔を出さない編集長だった。デビュー作『さらば国分寺書店のオババ』のヒットから、即座に『わしらは怪しい探検隊』『気分はだぼだぼソース』と続き、ちょうど『かつをぶしの時代なのだ』と『もだえ苦しむ活字中毒者地獄の味噌蔵』が出たあたり。椎名さんは、ストアーズ社という流通業界誌の会社を辞め、フリーになったばかりだったが、人気上昇中のスーパーエッセイストとして、既にスターであった。

私たち「助っ人」という名のアルバイト学生は、普段、何をするわけでもなく、その狭い部屋へ勝手にやって来ては、積み上げられた本の隙間に、丸椅子を置くスペースを見つけて落ち着かない気分で腰かけていた。今、考えるとまことに迷惑なことである。

「もうじき椎名が来るって」

電話を切るなり、目黒さん（「本の雑誌」発行人、目黒考二。またの名を北上次郎）が言うと、それまで「だる〜〜ん」としていた部屋の空気が一変して「きりりっ」と引き締まる。喧嘩《けんか》っ早いと噂《うわさ》の椎名さん、無礼があれば一発や二発……そんな緊張もあった。いや、それよりも、口には出さないが、助っ人たちは皆もれなく椎名ファンだった。「本の雑誌」内には、ミーハーが軽蔑される風潮があったため、椎名さんが来ると聞いて、目がきらきらしてしまうのを隠すように、皆、顔を伏せる。帰るつもりで鞄《かばん》を肩にかけた人が、そっと鞄をおろして座り直した。

椎名さんが現れると、助っ人達はおもむろに立ち上がり、壁に張り付いたり、本の在庫の谷に身を埋めたりして、椎名さんの通る道をこしらえる。部屋の奥にある目黒さんと、ただ一人の社員である木原さん（群ようこ）のデスクにたどり着いた（といっても、たかだか二メートルぐらいの距離なのだが）椎名さんは、立ち話で約五分の滞在。安い給料で経理など一切を任せている木原さんに、労《ねぎら》いの言葉をかけるのを忘れない。そして、企画だか、単なる思いつきだかわからないことを目黒さんに告げて、わははと笑い「じゃ、よろしく」と言い捨てて帰るのであった。椎名さんが出て行くと、目黒さんは半分笑いながら

「勝手なことを、言うだけ言ってさあ。ずるいんだよ。実際やるのはこっちなんだから。なあ？」

その辺にいる学生に愚痴を言うが、

（やっぱかっこいいなあ、椎名さん……）

（全然エラソーじゃないのがいいよねえ）

助っ人たちは、皆ぽーっとしているから相手にならない。

「椎名さんが来たそうです！」

「オオカミが来た！」とか「親分！　帆立一家が殴り込みに来やしたっ！」ぐらい、緊張感が高まってきた。しかし、ここは授賞パーティーの会場であり、写真部門で椎名さんは選考委員も務めているのだから、「来る！」どころか、最初から出席していてもお

かしくはない。「本の雑誌」の元助っ人（私です）が、絵本賞を受賞したと知って、わざわざ顔を出してくださるのだと聞き、恐縮しながらも私は考えた。周辺に漂う、この「椎名誠を待ち受ける緊張感」はなんなのだろう？　祝いの宴に駆けつけ、呪いをかける「呼ばれなかった悪い妖精」を待つような？　いやいや、それは逆だろう。「恐れ多くも」な気持ちが濃厚だ。天皇か？　いや、もっと華やいだ気分があるな。キムタクが来る、か？　それでは浮つきすぎだ。「陽気な殿様」ぐらいかもしれない。

ついに現れた陽気な殿様は、取り巻きもなく、単身、足早にやって来て、私を見ると、

「うん。キホン、変わってないな」

クスリと笑い、うんうん頷《うなず》く。

「調子良すぎ！　三十年前の、ほとんど話したこともないような助っ人を覚えてるわけないでしょうが！　てか『キホン』ってなんすか！　『キホン』って！」と、二の腕あたりをバシッとひっぱたく……ような打ち解けた関係ではないので、私は固まったまま曖昧に笑うだけである。椎名さんは「キホン」どころか体形、並び毛髪、声の張り、全てにおいて怖いくらい変わっていない。肌については日焼けしていてよくわからない。

「なんか、教え子みたいな気がしてさ、嬉《うれ》しいんだよな」

教え子！　じわ〜〜〜。私たちは「先生が来た！」と慌てて席に着く生徒で、椎名さ

んは生徒に人気の先生だ。「あの先生、すげえンだよなあ」と、自分の席から眩《まぶ》しく見上げる感じ。そう、椎名さんは先生だったのだ。私は今更ながら気づいた。先生の暖かい眼差しを正視できない。が、先生も誰かと談笑して、正視していないのであった。

「お。もう行かなくちゃ。まったく、地方の代議士みたいだよな。あはは」

爽やかに笑い、椎名先生は去って行く。なんと、なんと、軽やかなのだろう！ 還暦を過ぎた椎名誠よ！（五、六歩行ったあたりで、たちまち編集者に取り囲まれていたけれど）

『大きな約束』を読んで、驚いたのは、この「軽やかさ」だ。本書はベストセラー『岳物語』から続く、現在の自分や家族を描いた私小説である。二十五年前、少年だった長男の岳くんは父親になり、「わたし」は「じいじい」になっている。

「わたし」は、小説やエッセイを依然として大量に生産しながら、ラジオの収録で沖縄へ通い、一人でさっさか講演会場に出かけ、山奥まで電車を乗り継ぎ、祭りを取材して、友人の見舞いに行き、海外から戻る妻を成田まで迎えに車を走らせ、新宿の居酒屋まで自転車をこいで仲間とビールを飲む。全く動き惜しみせず、ひょいひょいと動いている。

身の軽さばかりでなく、気持ちも軽快である。大好物のホヤを見て「ああ嬉しい！」

と素直に喜び、今度、孫が来たときはどこへ連れて行こうかと考える。ふいに四十代半ばの自分を思い出して「あの頃なんであんなにシャカリキになっていたのだろうなあ」と、一人で笑ったりする。

椎名誠の若い頃のエッセイは、生活圏内のあれやこれやに眼光スルドク意見を述べ、ハゲシイ怒りを噴出させていた。あのまま順調に行けば、不機嫌な頑固ジジイになると予想された。そうでなくとも歳を重ねれば、体と共に頭も心も固くなり、人を動かすばかりで自分は動かず、怒ったりぼやいたりと、ただもうくどくて口煩《くちうるさ》くなるか、陰気で不機嫌になるかである。

ところが椎名さんは、少しも固まる気配がない上に、何かに抗《あらが》う気配すらない。至って自然。留まることなく吹く風の如しである。人は若い頃、あらゆることをとことん考察し一通り苦情を述べておくと、後年すっきりと穏やかに過ごせるものなのか。いや、そうだろうか？　角が取れた、というよりは、余計なものがそぎ落とされ、澄みきって行くような素直さ。周りを静かに優しく見つめる眼差し。これは「余裕」なのかもしれない。

「いま自分は、ようやく人生のなかでいちばん落ちついたいい時代を迎えているのかもしれないな」

そういった自覚が生まれるほどの「余裕」。

そりゃあ厄介なことだってある。北海道のカクレガは「家の使い勝手が複雑すぎて」妻同伴でないと行けない。古くからの友人が亡くなる。何年も悩まされている睡眠障害。条件付きのベジタリアンとして、蕎麦《そば》屋でカツ丼を食うか食わぬかで逡巡《しゅんじゅん》する。車で追突され、頸椎《けいつい》を痛め、病院で待たされる。

でもそんな大人の憂鬱は、「風太くんからの電話」という新鮮な風が、さーっと吹き飛ばしてくれる。三歳の孫から、たびたびかかってくる国際電話は、映画の中で差し挟まれる美しい夢のワンシーンのように、心地良いリズムを刻み、作品全体に活力を与えている。「わたし」は、サンフランシスコに住む孫からの電話はなんとしても逃したくないので、電話の子機を持って、屋上へ洗濯物を干しに行く。

「じいじい」

孫の風太くんのいつもののんびりした声だ。

「はいはい」

わたしはじいじいの声になって明るく答える。

この「黄金の会話」は、心安らぐひとときでありながら、じいじいは、風太くんの知らない言葉をうっかり使って、困らせたりしないようにと、密かに緊張している。あんなに人々を緊張させる椎名さんが、孫との会話で緊張しているのだ！

本書に家族があまり登場しないのは、周辺にいないからだ。娘はニューヨーク、息子はカリフォルニアに在住し、妻はたびたびチベットに出かける。もちろん「わたし」も、相変わらず旅が多い日々である。家族のカタチは切なくも目まぐるしく変化していくのだ。

「家族が揃《そろ》って食事するありふれた風景はじつはほんのうたかたのものなのだ」

知っていても、通りすぎてみないと、本当にはわからない。そんな言葉がさらりと綴《つづ》られている。

『大きな約束』は『続　大きな約束』へと滑らかに続いていく。軽やかな椎名さんの「じいじい」ぶりが、ますます楽しみである。

初出誌——「すばる」二〇〇七年三月号～二〇〇八年一月号

JASRAC出1200589―202

この作品は二〇〇九年二月、集英社より刊行されました。

椎名　誠の本

岳物語

シーナ家の長男・岳少年。坊主頭でプロレス技もスルドクきまり、ケンカはめっぽう強い。これはショーネンがまだチチを見捨てていない頃の美しい親子の物語。

続　岳物語

オトコの自立の季節を迎えた岳少年。ローバイしつつ、息子の成長にひとりうなずく父親シーナ。子と父の優しい時代が終わり、キビシクも温かい男の友情物語が新たに始まる。

椎名　誠の本

春画

『岳物語』から十数年。子どもたちはそれぞれの夢を追ってアメリカへ旅立った。母の死を受け止め、夫婦ふたりきりの生活のなかで、家族がともに過ごしたうたかたの日々を想う。

かえっていく場所

住み慣れた郊外の家を越すことにしたシーナ。娘と息子が巣立ち、妻とふたりで住むには広すぎる。新しい家からの眺めにも慣れないまま、妻が更年期を迎え、初めて「老い」を意識する。

集英社文庫

集英社文庫

大《おお》きな約束《やくそく》

2012年２月25日　第１刷　　定価はカバーに表示してあります。
2012年６月６日　第２刷

著　者　椎名《しいな》　誠《まこと》

発行者　加藤　潤

発行所　株式会社　集英社
東京都千代田区一ツ橋2-5-10　〒101-8050
電話　03-3230-6095（編集）
03-3230-6393（販売）
03-3230-6080（読者係）

印　刷　大日本印刷株式会社

製　本　大日本印刷株式会社

フォーマットデザイン　アリヤマデザインストア　　マークデザイン　居山浩二

ISBN978-4-08-746797-0 C0193